主编　王泉根

少年阅享世界文学名著经典读本（简写本）

大海入侵

（法）儒勒·凡尔纳　著　　朱平平　张小龙　改写

图书在版编目(CIP)数据

　　大海入侵/(法)儒勒·凡尔纳著;朱平平,张小龙改写. —苏州:苏州大学出版社,2016.7
　　(少年阅享世界文学名著经典读本:简写本/王泉根主编. 第二辑)
　　ISBN 978-7-5672-1656-3

　　Ⅰ.①大… Ⅱ.①儒… ②朱… ③张… Ⅲ.①科学幻想小说－法国－近代 Ⅳ.①I565.44

中国版本图书馆 CIP 数据核字(2016)第 167311 号

少年阅享世界文学名著经典读本(简写本)第二辑
大海入侵
(法国)儒勒·凡尔纳 原著　　王泉根 主编　　朱平平,张小龙 改写

责任编辑	刘一霖
装帧设计	刘　俊
出版发行	苏州大学出版社
	(苏州市十梓街1号　邮编:215006)
	(网址:http://www.sudapress.com)
排　　版	镇江文苑制版印刷有限责任公司
印　　刷	苏州市大元印务有限公司
开　　本	700 mm×1 000 mm　1/16
印　　张	10.5
字　　数	210 千
版印次	2016 年 7 月第 1 版　2016 年 7 月第 1 次印刷
书　　号	ISBN 978-7-5672-1656-3
定　　价	18.00 元

版权所有　翻印必究　印装差错　负责调换
苏州大学出版社营销部　电话:0512—65225020

导　　读

　　儒勒·凡尔纳(1828—1905),生于法国西部海港南特,"世界科幻小说之父"。父亲是位颇为成功的律师,一心希望子承父业。但是凡尔纳自幼热爱海洋,向往远航探险。11岁时,他曾志愿上船当见习生,远航印度,结果被家人发现接回了家。18岁时,他遵父嘱,去巴黎攻读法律,可是他对法律毫无兴趣,却爱上了文学和戏剧。毕业后,他更是一门心思投入诗歌和戏剧的创作,为此不仅受到父亲的严厉训斥,并失去了父亲的经济资助,他不得不在贫困中奋斗。他十分欣赏雨果、巴尔扎克、大仲马和莎士比亚的作品。在巴黎,他创作了20个剧本(未出版)和一些充满浪漫激情的诗歌。

　　1850年,凡尔纳与大仲马合作创作了剧本《折断的麦秆》,并且在大仲马剧院得以上演,这标志着凡尔纳在文学界取得了初步的成功。但是这点小小的成功并不意味着他为自己选择的道路有多么光明的未来,因为要在当时的文坛上站稳脚跟并不是一件非常容易的事。要想取得更大的成功必须有新的形式。后来,凡尔纳在继续创作的过程中感到文学创作似乎缺乏出路,而且他发现当时文坛上的人都在找出路,都在试图把其他领域的知识融进文学。比如当时,大仲马是将历史学融进文学,而巴尔扎克则把社会伦理学融进文学……凡尔纳发现,只剩下地理学还没有被开发。于是,他把目光渐渐投向了科学领域,开始摸索着寻找一条属于自己的写作之路。他偶然发现了美国艾伦坡的一些"科幻"小说,便如获至宝,如饥似渴地开始大量阅读。艾伦坡的作品给他的影响是深刻的,这一点在他后来的作品中得到了体现。年轻的凡尔纳一头扎进了科幻创作的海洋,日复一日、满怀激情地深入钻研地理知识,并尝试根据自己收集的资料进行创作。

凡尔纳在科幻小说写作上的探索过程并非一帆风顺。据说他写完《气球上的五星期》后,邮寄了15次,但是每次都被出版商退了回来。一怒之下,他竟把书稿投向了火炉,幸好被他的妻子及时抢救出来。在妻子的鼓励下,他第16次把书稿寄给了著名的出版商埃特赛勒。埃特赛勒慧眼识珠,给他写来了热情洋溢的回信。不久小说便出版了,并迅速走俏,轰动了整个法国。

凡尔纳所处的年代,科技革命方兴未艾,科学家们正在重新塑造着世界。人们对工业革命这一新兴力量的崇拜与日俱增,于是把科学与文学结合起来成为文坛上的一股热浪。凡尔纳恰恰就走在了前头,成为一位善于用文学向人们描绘虚构的未来生活图景的科幻文学的先行者。凡尔纳在作品中表现出的渊博的学识、卓越的幻想才能、不断为新的科学发现和发明所证实的科学理论,以及新颖独特的表现方式和对人类不屈不挠的奋斗精神的赞美,不但在他所处的那个时代拥有大量的读者,在他死后也一直吸引着一代又一代人的好奇心。

作为一个高产的作家,凡尔纳所著的作品几乎涉及了科幻小说创作的所有方面。例如在探险系列科幻中,有《地心游记》等作品;在太空系列科幻中,有《从地球到月球》等作品。后来的科幻小说的题材虽然看起来让人眼花缭乱,事实上,归纳总结起来都未能跳出凡尔纳作品所涉及的领域,这简直是一种创作上的悲哀,同时更向我们证明了凡尔纳的杰出和伟大。除了电脑题材以外,生活在一百多年前他甚至还对后世出现的新发明,都有过推测性的描绘文字,其逼真程度让人叹服。

从本书选取的两部作品中,我们可以看出凡尔纳作品的特点:生动幽默,妙语横生。他善于在讲述故事的时候巧妙地糅进许多科学知识,激发人们尤其是青少年热爱科学、向往探险的热情。在他的小说里,儿童时代显露的富于幻想的天性得到了淋漓尽致的发挥。曾经有人这样评论他:"他从心里看到种种场景,然后以令人吃惊的准确性将这些场景描画出来。这种准确性使人想到画家的观察本领……凡尔纳取得成功的最大秘诀,在于他善于让千百万读者领略到他自己从内心见到过的东西。"另外,作者的想象力也是非常惊人的,在科学技术非常发达的今天,用人工将沙漠变成大海的幻想,仍然是具有震撼力和迷人魅力的。

　　凡尔纳一生中写了一百多部科幻作品,内容涉及生物、地理、数学、天文、物理等众多学科,被誉为"科幻小说之父"。他和后来出现的科幻小说作家乔治·威尔斯分别用自己的杰出作品开创了科幻小说的两大重要流派:"硬科幻"和"软科幻"。

目　　录

大海入侵

宏伟计划 ··· 1

　　要建成这片新海,就必须截走比地中海高的突尼斯咸水湖5000平方千米的面积。海水永远到不了凹地,水每天在流经运河时就会蒸发掉。

撒哈拉探险队 ··· 4

　　他简直就是一个数字人、代数人。他们效忠于他,不惜牺牲生命。他必须天天刮胡子,即使在最困难的处境里,他也不忽视这种每天的活动。

越狱事件 ··· 7

　　他们是最反对这一计划的撒哈拉部落之一。虽然当局交给军事长官的任务是不惜一切代价抓捕他本人,但他总能发现追踪他的征讨线索。

沙漠抢劫 ··· 10

　　他们担心由于洪水淹没盐湖地带而造成的潮湿,会使椰枣失去上乘的质量。北非骑兵们与匪帮展开激战,虽然打跑了那些匪徒,但阿拉伯人带领的一百多头骆驼也被枪声吓得四散奔逃。

神秘失踪的工人 ································· 14

他们看起来像是刚刚干完活就离去了,他们会去哪里呢?人间蒸发了吗?莱斯利不能相信自己的眼睛,面对这场灾祸陷入沉思。

树后面的陌生人 ································· 17

这是一个健壮的男人,但面貌温和,这是他的种族特有的品格。工人们几乎很快就被驱散了,他们只能去杰里德北部,才能免遭杀害。

一无所获 ··· 21

如果不到泽里拜,而到基泽普绿洲,食物还是有保障的。他匆忙结束了这段路——20千米长的一站,马不停蹄地穿过了这个无隐蔽处的平原。

风雨兼程 ··· 28

现在乌云从这边的地平线扩散到另一边的地平线。他们主要担心的是,雷雨会转为狂风暴雨。

突然袭击 ··· 31

大家立即在绿洲边缘准备宿营地,就在工地附近。阿尔及利亚的总督和在突尼斯的总驻扎官应尽快了解局势。没有任何迹象显示小分队的接近,甚至在前面跑的狗的叫声都没有。

不可接近的绿洲 ································· 36

他们生性勇敢,不怕死,他们还穿着他们祖先那样的服装。帕尼的这些卡琪人,是一些可怕的强盗。逃跑被当作胜利,欢呼声从四面八方响起。

囚徒生涯 ··· 38

大家在那儿并未发现任何缺口。他们得不到任何

光亮,也没有更多的食物。萨根上尉又一次想了解卡琪首领为他们安排了怎样的下场。

暗夜逃亡 ································· 44

说时迟,那时快,狗一下子就扑向他,咬中了他的咽喉。逃跑者就沿着边缘走,尽量隐蔽自己。一阵巨大的声音在树丛左面响起。

大洪水 ····································· 48

只要循着这些脚印,不偏离这些土著人才熟悉的小路,就能直达古莱阿绿洲。盐壳在脚下折断,沙子在下面退缩,使水往上冒。

尾声:劫后余生 ························ 53

他们很可能会被饿死在"泰尔"上。有烟,说明就有船,有船,就说明他们有得救的希望。大家再次陷入了绝望之中。

气球上的五星期

异想天开的科学计划 ················· 55

拨给费尔久逊博士2500英镑,作为实现他计划的经费。他这次惊人的旅行的起点,将是非洲东岸的桑给巴尔岛。非洲的图景像一页巨大的地图似的铺展在我的眼前。

乘"决心"号出发 ······················· 61

假使博士能够使用两只气球,那就更加保险了。承受着吊篮的网子是用非常结实的麻绳编的。早晨3点钟,锅炉发出"哼哼"的响声。5点钟,锚起了上来。

"维多利亚"号起飞了 ··· 66

　　气球里的氢气不停地膨胀。"维多利亚"号升到了760米的高度。为了避免传染上这种病,博士只好把气球升到这块潮湿土地的瘴气上面去。

遭遇狒狒 ··· 69

　　散布在山丘上的黑人都无可奈何地用他们的武器来威胁气球。到处可以看到骆驼队的踪迹——一堆堆已经开始剥蚀并且和尘土混在一起的白骨。这是一群凶狠的狒狒,它们的嘴像狗嘴一样。

"月亮女神"的三个儿子 ······································· 72

　　为了安全起见,他使气球升高了300米左右。出现了一块形状像乌龟、圆周有两英里的大石头。当"维多利亚"号在空中出现的时候,这种混乱喧嚣的景象突然停止了。

雷雨交加的夜晚 ··· 77

　　稠密的空气似乎透不过一点声音,整个大自然呈现出一片大难来临之前的景象。闪电贴着气球的圆周画着喷火的切线;下面是狂风骤雨,上面是恬静的星空。

大象拖着气球跑 ··· 79

　　这条山脉简直是一道阻挠探险家深入非洲内地的不可逾越的屏障。情况变得十分危急了:紧紧地拴在吊篮上的锚索,既无法解开,又不能用刀子割断。

飞越尼罗河 ··· 83

　　"维多利亚"号飘摇不定地左右摇摆了几分钟,之后就一直向北飞去。黑人们显然非常激愤,而且怀着极大的敌意。他在荆棘丛里搜索了好久。

吃人的人 ·· 87

为了避免撞在罗格维克山的高峰上,不得不寻找斜一点的气流。腐烂的死尸,陷在灰土里的骷髅,零零落落的肢体,都成了野狗和金狼的食物。

救了一个传教士 ·· 91

他觉得,有一些黑乎乎的影子在偷偷地向他们那棵树走来。他们听到一阵由于摩擦树皮发出的沙沙声。博士把希望寄托在黑夜发射光亮的"维多利亚"号的神异出现上。

安葬这个可怜的人 ····································· 96

帐篷的帘幕卷起来了,他愉快地呼吸着清晨新鲜的空气。他感觉到,这人就要死了。他软弱无力地跪了下来,那样子叫人看了真心酸。

用水出现了危机 ·· 101

费尔久逊非常细心地注视每一个哪怕是很小很小的山谷。他只希望来一场风暴把他们刮出这片地区。太阳的光芒像些火带子似的平躺在辽阔的平原上。

终于飞过撒哈拉沙漠 ·································· 109

它用不可思议的速度飞过了汹涌翻腾的沙海。三位旅行家看见前面有一个耸立在沙漠海洋中的绿岛——绿洲。他们因为太兴奋了,所以没注意到地上到处都有新鲜的脚印。

在克尔纳克上空 ·· 113

他们睁大了眼睛,惊讶地注视着那像流星一样飞过去的"维多利亚"号。这里的气温很低,博士和他的两位旅伴只好用被子把身子裹起来。

被兀鹰袭击 ·············· 117

显然枪弹没有打中它,只把它吓跑了。兀鹰被枪声吓得四散飞逃,但一会儿又疯狂地猛扑过来。在这两位勇敢的人的脸上滚下了大颗的泪珠。

寻找勇敢的乔 ·············· 121

两位朋友一直到现在还没有勇气提起他们不幸的朋友。兀鹰用嘴撕破的裂口足有好几尺长。费尔久逊和狄克在值班的时候,都恍惚听到从什么地方传来乔的喊声。

乔的惊险遭遇 ·············· 124

一个七零八落、惊慌失措的骆驼队被卷在飞沙里。看到这个恐怖的场面,博士和狄克惊呼,他俩脸都白了。这两个非洲人怪声怪气地叫着,紧紧地抓住他不放。

意外相逢 ·············· 129

在他们前面跑的并不是他们的头目,而是一个逃亡的人。狄克大声问,马上他就看见乔倒在地上。乔踏踏实实地一觉睡了一天一夜。

遇上蝗虫 ·············· 134

它不偏不倚地一直向前飞着,它的影子在地上画着一条笔直的直线。前面展开一片丛莽,无数鳄鱼、河马和犀牛在里面乱爬。必要时,我不得不扔掉压仓物了。

最后的历险 ·············· 139

他们很快地一直向西北方飞去,博士的忧虑也逐渐

地消散。但是吊篮还是比山峰低,看来还会撞上去。他甚至拼命拖住一个劲儿上升的气球。

大结局 …………………………………………… 152

他们几乎以为这是一个奇迹。法国人把三位旅行家从河里救上了岸。博士忍不住热泪盈眶。

大海入侵

宏伟计划

要建成这片新海,就必须截走比地中海高的突尼斯咸水湖5000平方千米的面积。海水永远到不了凹地,水每天在流经运河时就会蒸发掉。

1874年,有一个名叫斯蒂文的法国上尉曾提出过一个宏伟的计划:他要将海水引入撒哈拉沙漠,在沙漠里面用人工造一片"撒哈拉海"。

首先,让我们来听听他的计划的可行性:斯蒂文计划变成海的沙漠包括突尼斯部分和阿尔及利亚南部,34°纬线穿过该地区,位于3至5经度之间。那里有一大片凹地,低于地中海的水平面,如果把海水引入这片凹地中,就可能会形成一个非洲的新海。据斯蒂文上尉计算,这个新海可能延绵15000平方千米。而要建成这片新海,就必须截走海拔比地中海高的突尼斯咸水湖5000平方千米的面积。

斯蒂文认为:这项巨大的工程如果能得以实现的话,至少可以带来以下益处:

首先,阿尔及利亚和突尼斯的气候会得到明显改善。在南风的作用下,由新海的水蒸气所形成的云会化为雨,从而使整个地区受益,提高农业效益。

此外,突尼斯和阿尔及利亚的盐湖沼泽等凹地,由于有充沛的水

量,土质会得到改善。那么这个地区将取得巨大的贸易收益。

另外,奥来斯山脉和阿特拉以南就会有新的道路,驼队从那里走安全就会有保障。

还有,因为有了海,商船就可以自由往来,这样可以使目前尚不能进入的凹地地区的贸易得到发展。

好处还有很多很多,不过,也有许多人对这一异想天开的计划提出了质疑。

一开始,有人说,新海的容量应该是28亿立方米,而凹地是根本装不下的。

随后,有人认为,撒哈拉海的咸水会逐步渗透到邻近的绿洲,就会毁掉大面积椰枣种植园,而这些种植园则是当地的财富。

而后,还有一些严厉的批评确信,海水永远到不了凹地,水每天在流经运河时就会蒸发掉。

更有甚者认为:极平坦的盐湖畔很快就会变成沼泽,成为瘟疫的温床。强劲的风不会像计划的炮制者想的那样从南方吹来,而是从北方吹来。由新海水蒸气形成的雨水并不落在阿尔及利亚和突尼斯的广大农村,而是白白丢在大沙漠的茫茫沙原上。

当地的土著人显然不清楚这个计划的利弊何在,不过,他们担心这样一来,整个阿尔及利亚南部就会处在欧洲人的统治下,他们担心大海的入侵会扰乱他们的平静、独立及数百年的极端统治。因此,这一计划传出之后,在当地各部落中引起一种沉闷的骚动,他们担心触及他们的特权,至少是他们已经到手的特权。

虽然这个计划实施起来困难重重,并有许多非议伴随着它,但意志坚定的斯蒂文上尉仍然排除万难想把它付诸实施。他得到了法国海外公司的支持。不过,由于缺乏远见和计算错误,这项计划还是失败了。法国海外公司也不得不宣告破产。从那时起,事情就搁置了下来。

"大海入侵"计划是否将因此而变成纸上谈兵呢?

不,在20世纪初,有人再次向这个梦想提出了挑战。

这个人,就是法国著名地质学家、工程师莱斯利先生。他下定决心要继续斯蒂文上尉这项被中断的事业。1900年,他和一些投资人成立了撒哈拉海洋公司,重新启动这一计划。这次的撒哈拉海计划总的来说是受到人们欢迎的,这一点可以从公众对新公司发行的股票和债券所表示的欢迎程度看出来;从交易所推出新公司的股票和债券那天起,它的市价就保持着上升势头。

下面,让我们一起来看看莱斯利究竟是如何掀开人类历史的新篇章的。

撒哈拉探险队

> 他简直就是一个数字人、代数人。他们效忠于他,不惜牺牲生命。他必须天天刮胡子,即使在最困难的处境里,他也不忽视这种每天的活动。

莱斯利先生40岁,中等身材,与其说他固执,不如说其判断力强。头发剪得像刷子,留着橙黄色的胡子,抿着薄嘴唇,眼睛有神,目光专注。肩膀宽,四肢粗壮,厚实的胸膛中的肺,像在一个空气流通的大厅里装置的一部压缩机自在地运转,这表明他有健壮的体格。在精神方面,这位莱斯利像他的体格一样坚毅。他的首批工程就引起人们对他的注意。此外,他的思想历来讲究实际。他具备深思熟虑、有条不紊、严谨的精神,他不相信任何幻想。有的人这样谈论他:一种局势或一件事,不管机会好与坏,他都进行精确的计算,甚至"推算到第十位小数"。他把一切数字化,把一切都纳入方程式。他简直就是一个数字人、代数人。毫无疑问,他是继承斯蒂文上尉未竟事业的最好人选。

要实施"大海入侵"这一异想天开的工程,首先要做的是对工程实施地区进行详细考察和精确测量,并确定撒哈拉海各个港口的位置。为了保证考察与测量工作顺利进行,突尼斯政府派出了一支北非骑兵护卫队与莱斯利同行。下面,让我们来认识一下考察队的各位成员。

萨根上尉是这次行动的主要指挥官之一。他刚刚32岁,正处在风华正茂的年龄。他智勇双全、吃苦耐劳,这在历次战斗中已得到无可辩驳的证明。这是个十全十美的军人,以当兵为职业的军人。他独身,甚至没有近亲,视军队如家,视同志为兄弟。在部队里,大家不只是尊敬他,而且爱他。至于他手下的人,他们效忠于他,不惜牺牲生命。他可以完全信赖他们,因为他可以向他们提出任何要求。

卡托夫中尉是这次行动的另一位指挥官。他像上尉一样勇敢、精力充沛、意志坚定、不知疲倦,是个出色的好骑兵,在以前的探险中,他的这些品格已得到证明。这是一个非常靠得住的军官,出身于一个富裕的企业家的家庭,在他面前,前途似锦。他毕业于索谬尔初等骑术学校,不久就获得了高级学位。

莱斯利有一位仆人——阿巴斯先生,他做事情一丝不苟、有条不紊,可以说是"军事化的"——尽管他从未服过兵役,但的确很适合于他的主人。他身体健康,吃苦耐劳,毫无怨言。十年来,他服侍着莱斯利。他很少说话,但是他之所以节制说话,是为了思维。莱斯利先生认为,他是一个非常审慎的人,就像一件完美而精密的仪器。他朴素、守口如瓶、作风正派,他必须天天刮胡子,即使在最困难的处境里,他也不忽视这种每天的活动。

缪勒中士也是护送队的一员,他是一个特别能吃苦耐劳的士兵、十分机灵的人。他长着一头红棕色的头发,剪成刷子形,下巴留着浓密的山羊胡子,嘴唇上蓄着厚厚的胡子,灰色的眼睛不停地在眼眶里转动,视力惊人的好,就像燕子在50步开外能分辨苍蝇一样。缪勒只懂得守纪律。对他来说,这就是生存的法则,他希望在老百姓和军人中都执行纪律。缪勒对玩纸牌有特别的爱好,说实在的,这也是他唯一的迷恋物。他有一匹叫"闪电"的马和一只叫"红桃K"的狗。他经常对人说:"'闪电'和我,我们是二合一……我是它的头脑,它是我的腿……你们会承认这事实,马的腿比人的腿更适合走路!"

缪勒的马和狗都是好样的,它们勇敢且忠实于主人,深受缪勒和士兵们的喜爱。

下士丹尼尔是个快乐的人,永远兴高采烈,快60岁的人还像25岁一样,甚至吃饭晚几个小时也从不埋怨肚子饿,在撒哈拉似火的骄阳下穿越无边的沙漠、很少见到水源的情况下,也不抱怨口渴。

　　以上,就是这个探险队的主要成员,另外,探险队里还有一定数量的北非骑兵,这里就不一一介绍了。

　　3月17日早晨5点钟,莱斯利在骑兵的护送下,离开加贝斯,向茫茫的撒哈拉大漠进发了。

越狱事件

他们是最反对这一计划的撒哈拉部落之一。虽然当局交给军事长官的任务是不惜一切代价抓捕他本人,但他总能发现追踪他的征讨线索。

在莱斯利一行出发之际,有必要向大家介绍一下在此期间发生的卡琪首领罗西里尼的越狱事件。因为这个越狱事件给这次探险投下了阴影,很可能会影响整个计划的实施。

柏柏尔族的卡琪人居住在撒哈拉沙漠深处的一块辽阔的绿洲中。卡琪人生性好战,他们公开的身份是沙漠驼队,而抢劫则属本能,他们的天性是发不义之财。如果"大海入侵"计划实施,他们的优势将消失,因此,他们是最反对这一计划的撒哈拉部落之一。在"大海入侵"计划第一次被实施的时候,他们就经常搞一些暗杀之类的恐怖活动,要从心理上阻止法国政府实施这一计划。因此,卡琪部落成为法国政府的眼中钉、肉中刺。法国人一直试图消灭卡琪部落这支撒哈拉大漠的害群之马,但是,因为卡琪人的英勇善战,始终未能如愿。

卡琪的首领罗西里尼胆大包天、冷酷无情,在绵延至奥来斯山以南的整个地区,他一直被指控为这些土匪最可怕的首领之一。在这些年里,许多次针对驼队或单独的小分队的袭击,都是由他策划的,这样,他的名气在撒哈拉的部落中越来越大。他的活动迅速得使人困惑,虽然当局交给军事长官的任务是不惜一切代价抓捕他本人,但他总能及时躲避。当有人告发他进入一块绿洲时,他就突然出现在另一块绿洲。他带领一伙同他一样残暴的卡琪人,走遍位于阿尔及利亚盐湖地带和小沙洲湾之间的所有地区。卡非拉人不敢再穿越沙漠,或至少只有在许多护卫队的情况下才敢冒险穿越沙漠。的黎波里地区的贸易因而损失惨重。

对于敢于到非洲探险的探险家们,卡琪人也从不手下留情。许多英勇无畏的探险家都惨死在他们的刀下。

最近,卡琪人对到撒哈拉探险的比利时地理学家——卡尔·斯太因克斯的考察队发动了袭击,并杀死了考察队的所有成员。这一事件在欧洲地理学界和整个法国都引起了人们极大的不安。人们发出同一种呼喊:为勇敢的探险家报仇,向这个残暴的卡琪首领报仇!人们非常担心如果不能迫使卡琪人处于绝对归顺的状态,那么需要穿过这些地区才能进行的重要贸易,就有被搅乱甚至被破坏掉的危险。

因此,阿尔及利亚的总督作为驻突尼斯的总驻扎官,决定组织一次远征,抓捕罗西里尼,严惩罪犯,同时消除他对所有部落的有害影响。而指挥这次光荣任务的人,正是萨根上尉的部队。

在撒哈拉的深处,萨根上尉的部队与卡琪人展开了激烈的遭遇战。卡琪人由罗西里尼和他的母亲塔赫拉指挥。虽然匪帮人数是萨根上尉的部队的两倍,但能征善战的萨根上尉的部队还是打败了卡琪人。

罗西里尼见势头不好,望风而逃。但急追上来的萨根上尉飞快地扑向他。罗西里尼向上尉开了一枪,但没击中。他的坐骑却因此猛闪一下,罗西里尼踩空了马镫,一头栽下马来。就在他要重新爬起来时,卡托夫中尉猛冲到他面前,其他骑士也赶来了,尽管他使了九牛二虎之力想挣脱掉,但还是被抓住了。

在萨根上尉抓捕罗西里尼的同时,中士缪勒也在追捕塔赫拉。一共有 6 个卡琪人保护着塔赫拉。虽然勇猛的"红桃 K"飞快地向拖走塔赫拉的人猛扑,但也无济于事,最终还是让塔赫拉逃掉了。

罗西里尼被抓住后,被关押在加贝斯的要塞中。他将被带往突尼

斯,在那里,军事法庭将对他进行审判。

在罗西里尼将要被押送走的前夜,塔赫拉和他的部下策划了一场里应外合的搭救。这次越狱非常成功,整个过程没有被任何人发觉。第二天,当看守打开关押罗西里尼的那间单人牢房时,发现卡琪首领不见了。

人们估计罗西里尼是通过排水沟逃走的,因为排水沟的栅栏已被拆掉了。不过,通过排水沟泅水逃跑,其危险是非常大的。他很有可能被海湾里的水流卷到外海去。当然,如果他的同谋用一只小船接应他,他仍然是可以逃出去的。

罗西里尼生与死的可能性各占 50%,他究竟是死是活尚无法确定。

军队又在绿洲附近进行搜查,但也没有结果。逃跑者没留下任何踪迹。无论在灰里德的平原,或者在小沙洲的水域里,既找不到活人也找不到死尸。

如果罗西里尼还活着,那么,莱斯利这次探险行动就充满了危机。以前探险者被杀的悲剧很可能会重演。

莱斯利能逃出罗西里尼的魔爪吗?人们尚不得而知。

大海入侵

沙漠抢劫

他们担心由于洪水淹没盐湖地带而造成的潮湿,会使椰枣失去上乘的质量。北非骑兵们与匪帮展开激战,虽然打跑了那些匪徒,但阿拉伯人带领的一百多头骆驼也被枪声吓得四散奔逃。

探险队在沙漠里缓缓地行进着。莱斯利和萨根上尉走在队伍前头,几个北非骑兵护卫着他们。在他们身后,跟着运载粮食和物资的车队,他们听命于缪勒中士。随后是卡托夫中尉指挥的小队,组成后卫。

莱斯利的探测很辛苦,每天都工作12个小时以上。十几天后,他们来到一片绿洲——杰里德地区。在沙海与荒漠沙丘之间,有各种各样的非洲植物。植物学家们在这里收集了563种植物。他们不应该妒忌这个幸运的绿洲上的居民,大自然不惜把自己的恩惠给予他们。在这里虽然香蕉树、桑树、甘蔗罕见,但人们可以找到大量无花果树、巴旦杏树、柑橘树,在数不清的椰枣树高大的扇形叶下繁殖。更不用说布满葡萄园的山坡和一眼望不到头的麦田。

杰里德地区是椰枣的产地,这里有一百多万棵椰枣树,有150个品种,其中有"发光椰枣",其果肉是透明的,质量上乘。椰枣是这个地区巨大的财富,它吸引着大批的驼队。这些驼队带来羊毛、树胶、大麦和小麦,带走不计其数珍贵的果实。

在这里,莱斯利了解到,这个绿洲的居民,对"大海入侵"计划确实感到害怕:他们担心由于海水淹没盐湖地带而造成的潮湿会使椰枣失去上乘的质量,从而令他们失去最宝贵的资源。对于这一点,莱斯利是非常理解的,不过,任何事情都不可能十全十美,对于大部分人是福的事情,对于一小部分人来说,则可能是麻烦与灾难。

莱斯利先生一边缓慢地前进,一边做记录。山坡乃至运河河床都要加以修正,以重新找出经计算过的、可以获得足够流量的坡度。

一路上的风光也是变幻不定。在无边无际的、灰黄色的平原上,要想找一处能遮挡日光,使人有幸减少光照的阴凉处都很难。但是在接近绿洲的地方,情况发生了变化,土壤不再贫瘠,绿色的平原上长满细茎针茅,在这些梗茎中间流淌着弯弯曲曲的小河,蒿属植物也出现了,仙人掌的篱笆也呈现在高原上。在高原上,一片片补血草和牵牛科植物的蓝白色花令人大饱眼福,使人陶醉。另外,一簇簇树丛沿河岸耸立、延绵不断。橄榄林和无花果树,最后是流着树胶的洋槐林,簇拥着生长在天边,美丽极了。

一路上,他们还遇见了各种野兽,例如羚羊,它们成群地飞快地逃走,一眨眼就无影无踪。另外,最常见的野兽还有狮子,它们的袭击是极其可怕的。但是自从运河工程开始以来,它们逐步被驱赶到阿尔及利亚边界,而在迈勒吉尔附近也有。

还有,人和狗、马还必须提防蝎子和响尾蛇的袭击。它们在拉尔萨附近大量繁殖,以致爬行动物多得使某些地区无法住人。探险队夜间宿营时,莱斯利先生和他的同伴经常要小心翼翼。大家承认,中士睡觉时睁一只眼闭一只眼,而"闪电",则双目都闭上睡。"红桃K"在夜间警戒着,它总带着疑虑,匍匐前进,发现威胁马和它的主人的情况,就发出信号。

4月4日,探险队来到一片广阔的凹地——拉尔萨。这个干燥的盆地的地表,在阳光下闪着光,酷似对折的银叶、水晶叶或樟脑叶。双眼不能对着闪光处,必须用墨镜保护好双眼,以避免在撒哈拉炽热的太阳光照耀下经常会发生的眼炎。军官们及其部下对这早有准备。中士缪勒甚至为他的马买了结实的圆形眼镜。但是,马戴眼镜并不合适,看起来也非常滑稽。

在那儿他们还看见一群红蓝火烈鸟,它们身上的羽毛使人想起制服的颜色。"红桃K"飞快地追捕它们,却没能撵上这些涉禽类家族最优秀的代表。与此同时,它使无数只鸟从四面八方腾空而起,叽叽喳喳掠过天空,这就是杰里德地区震耳欲聋的麻雀!

一路上,萨根上尉时刻提防着罗西里尼一伙的出现与袭击。他们一直没有遇见他们。不过,他们还是经历了一场沙漠上的抢劫事件。

那天上午,他们正走着,突然,远处爆炸声大作,闪光从烟尘中射出,硝烟混入翻滚着的灰尘中。与此同时,狗也挣脱主人狂吠起来。

"有枪声!"卡托夫中尉喊起来。

"肯定是某个驼队对野兽的袭击进行自卫……"莱斯利说。

"不如说在反抗抢劫者,"中尉接着说,"因为,爆炸声似乎有反应……"

"上马!"萨根上尉发出命令。

不一会儿,北非骑兵就兜到了拉尔萨岸边,向发生战斗的地点前进。

上尉他们赶到时,看见六十名左右的全副武装的骑马人正在抢劫一支二十名左右的卡非拉人组成的驼队。北非骑兵们与匪帮展开激战,虽然打跑了那些匪徒,但阿拉伯人带领的一百多头骆驼也被枪声吓得四散奔逃。

一切安定下来之后,萨根上尉询问卡非拉人的头领:"你们知道这些强盗是哪个部落的?"

"我们的向导断定是卡琪人。"头领回答。

于是萨根问首领,当地人是否听说罗西里尼越狱的事。

"是的,上尉,这个风声已传播几天了……"

"没有人见过他在拉尔萨或迈勒吉尔附近吗?"

"没有,上尉。"

"不是他指挥这伙强盗吗?"

"我不能肯定这一点,"向导说,"因为我认识他,并能认出他……这些抢劫者过去受他指挥,这确实有可能,假如你们不来,上尉,可能我们已被他们抢了,杀死了……"

"现在,你们可以毫无危险地继续赶路了……"上尉说。

"我也这样想,"头领回答,"这些坏蛋将返回西部的某个镇,而三四天后,我们将到达托泽尔。"

于是头领把自己的人聚拢到一起。跑掉的骆驼已经回到驼队里,驼队又重组起来,一个人也没丢失,有几个人负了伤,但不太严重,他们还可以继续赶路。对萨根上尉和他的战友表示最后的谢意后,头领就发出了出发的信号。卡非拉人又重新上路了。

几分钟之后,人和牲口都消失在一个"塔尔夫"即沿盐湖卧着的沙嘴的转弯处。卡非拉头领催促驭手们的叫喊声,渐渐地消失在远方。

在这次袭击之后,当莱斯利和两位军官聚在一起时,他们互相交换各自的看法,首先开口的是莱斯利先生:"这么说,罗西里尼又在这个地区出现了!"

"这很有可能。"上尉回答,"希望我们尽早完成水淹盐湖的任务!这是消灭杰里德的这些罪犯唯一的措施!"

"对,我们得抓紧时间。"莱斯利先生点了点头说。

神秘失踪的工人

他们看起来像是刚刚干完活就离去了,他们会去哪里呢?人间蒸发了吗?莱斯利不能相信自己的眼睛,面对这场灾祸陷入沉思。

4月10日下午,探险队来到联结两个盐湖的第二条运河的源头。按照计划,公司已经派了人在这里干活。在那儿,一切设备都非常先进,巨型机器已挖出了一些深沟,一直向前延伸着。不过,令莱斯利感到吃惊的是:在这个地点,他没能看见公司从比斯克拉派来的任何阿拉伯的或其他族的工人。他们看起来像是刚刚干完活就离去了,他们会去哪里呢?人间蒸发了吗?

萨根上尉见莱斯利忧心忡忡的样子,便问他:"工人们没在那里,为什么使您吃惊呢?"

"因为,监工几天之前就应该派人来迎接我,而且,我看不出有什么理由让他们滞留在比斯克拉或迈勒吉尔。"

"那么,您怎样解释他们没来呢?"

"我无法解释。"莱斯利摇摇头说道。

队伍继续前进着,但他们始终没有看到施工队的痕迹。他们的未出现仍然是个谜。究竟发生了什么意外呢?莱斯利先生陷入胡思乱想之中。到达了指定的碰头地点,他却没找到任何他等候的人,而这些人没来,在他看来是巨大的威胁。

"显然出了什么严重的事!"他不断地重复着这句话。

"我也担心这个,"萨根上尉也承认,"我们尽量在天黑之前赶到迈勒吉尔。"

午间休息了一会儿。既没卸车,也没取下马笼头——仅有一点进餐的时间。大家需要在这最后一站行军后,有充足的时间休息。

总之,分遣队这样努力,却没在路上碰到任何人。将近下午4点钟时,环绕盐湖的高坡出现了——这个地方被人们习惯地称为"347千米"。在右侧有在工程结尾时留下的最后一个工地。然而,地平线上没有一缕烟升起,也听不到任何声音。

大家使劲地赶着马,狗跑在前面,缪勒也阻止不住他的马沿着"红桃K"的足迹向前冲。

此外,所有人都在跑,北非骑兵裹着滚滚烟尘到达了运河的出口。在那儿,没有任何施工队到达的痕迹。另外,他们还看到被捣毁的工地、被填埋的部分沟渠、用沙子阻塞封闭的所有通道……看到这一切,莱斯利和他的同伴们真是目瞪口呆!

很显然,是一群被灌输了某些思想的、狂热的游牧人从那里通过,大概在一天之内,就把工人们花了许多时间建造的东西全破坏掉了。

莱斯利一动不动地站在俯视运河与盐湖交界处的一块狭窄的高台上,一言不发。两个军官站在他身旁,而分遣队驻扎在沙丘脚下。莱斯利不能相信自己的眼睛,面对这场灾祸陷入沉思。

"在这个地区,有不少游牧人可能进行袭击,"萨根上尉说,"这是由他们的首领煽动起来的一些部落,卡琪人或来自迈勒吉尔绿洲的其他人!这些拦路抢劫驼队的人,疯狂地反对撒哈拉海,肯定聚众攻击'347千米'处的工地……这个地区必须日夜由马哥占人警戒,以防止游牧人的袭击。"

萨根上尉谈到的这些马哥占人,组成了非洲正规军队的后备役,正是这些北非骑兵和赞巴人,担负着维持内部治安的任务。人们在那些有头脑的和善良的人中挑选这些人,蓝色的斗篷是他们醒目的标志,而酋长有棕色的斗篷,红色斗篷则属于北非骑兵的制服,也是重要首领封地的标志。人们在杰里德地区的一些大镇上可以看见马哥占人的骑兵。这完全是一支部队,它是当工程从一段转移到另一段,为防止抱敌视态度的当地人可能发生的骚动而不得不组建起来的。当新海洋被利用起来,当船只来往于被水淹没的盐湖上,这些敌对就不太可怕了。但是,到那时,重要的是,当地还要处于严格的监视下。如果军事当局对那里不进行整顿,那么,刚刚发生的以运河终点为对象的袭击,还可能在别处发生。

看到眼下的这个情况,莱斯利和两位军官协商下一步应该做什么。

首先,要去寻找来自北方的施工队的人员。但是朝哪个方向去寻找他们呢?这是很重要的。莱斯利先生说,如果可能,首先应该尽早去找他们,因为在这种情况下,他们的爽约越来越令人不安,其他事以后再说。那些人,工人、工头返回来,损失就会及时得到弥补,至少他这样想。

"至于保护他们,"萨根上尉说,"这不是靠我的几个北非骑兵所能完成的任务。所以,我们绝对需要援军,这样,我们就能占领最近的地方。"

"最近的地方,就是比斯克拉。"中尉说道。

"唉!如果恢复这些工程,但缺少人手保卫它们,又有什么用?重要的就是弄清楚工人为什么被解散,他们逃到哪里?躲到什么地方?"莱斯利说。

"无论如何,"萨根上尉说,"我有个主意,我们暂时住在这里,明天我们再上路。"大家正说话的时候,突然,"红桃K"像闻到什么猎物似的跑进了树林里。萨根上尉一下子想到可能会有某个野兽——狮子或豹子从里面跳出来。

上尉从腰间拔出了手枪。

树后面的陌生人

这是一个健壮的男人,但面貌温和,这是他的种族特有的品格。工人们几乎很快就被驱散了,他们只能去杰里德北部,才能免遭杀害。

这时中士跑过来,他不认为是野兽,因为通过聪明的狗的叫声,他明白那是因为树后面藏了个人。

"红桃K"朝树后面的人扑了过去,但它的主人将它制止住了。一个阿拉伯男人从树间走出来,左顾右盼,并不担心是否被看见。他一看到三个男人,就迈着平静的脚步朝他们走过来。

这是一个土著人,年龄在30~35岁,衣着就像在阿尔及利亚各处随工程情况或收获时招募的工人。他走到三人面前问道:"这里有法国人吗?"

"有……一个北非骑兵分遣队。"中士回答。

"带我去见指挥官!"这个阿拉伯人只说了这么一句话。

"我就是。"上尉用法语说,"你是谁?"

这个本地人也用相当纯正的法语回答:"托泽尔的本地人。"

"你的姓名?"

"约宾。"

"你从哪儿来?"

"从埃尔泽里拜那边。"

这是阿尔及利亚一块绿洲的名称,位于与一条河流同名的盐湖45千米处。

"那么,你来干什么呢?"

"看看这里发生了什么事。"

"为什么呢? 你是公司的工人吗?"莱斯利先生急忙问道。

"是的,过去是,而很长时间以来,我都在这儿守护着工程。因此,自从工头迈里克一到这里,就选择我与他一起守卫工程。"

迈里克正是附属法国公司的桥梁公路工程局的领导人!莱斯利终于得到了该施工队的消息!

然后,这个当地人又补充说:"我很了解您,莱斯利先生,因为,当您来到这地区时,我见过您不止一次。"

约宾所说的没有什么可怀疑的,他是在挖掘拉尔萨与迈勒吉尔之间那段运河时,公司过去雇用过的、撒哈拉海新公司的代理人招聘的许多阿拉伯人中的一个。这是一个健壮的男人,面貌温和,这是他的种族特有的品格。他目光炯炯有神,从他的黑眼睛中发散出火热的光芒。

"那么,应该安排在工地的你的工友们在哪里呢?"莱斯利先生问。

"在那边,泽里拜方向,"约宾用手指向北方回答,"在基泽普绿洲,有100人左右……"

"他们为什么走呢? 他们的营地受到袭击了吗?"

"是啊,受到一伙柏柏尔族强盗的进攻……"接着,约宾讲述起8天前在工地发生的事:那一天,几百个游牧人被他们的首领煽动起来,冲向当时到达工地的工人。迈里克的施工队不能应付这突如其来的进攻。工人们几乎很快就被驱散了,他们只能去杰里德北部,才能免遭杀害。他们认为,返回拉尔萨,而后返回奈夫塔或托泽尔绿洲有危险,这些进攻者可能切断他们的路,于是他们往泽里拜方向寻求避难所。在他们走后,这些抢劫者和他们的同谋者捣毁了工地,纵火烧了绿洲,同那些与他们勾结在一起参与这起破坏事件的游牧人破坏了工程。水渠一旦被堵塞,一旦它不再有坡度,一旦朝迈勒吉尔的运河出口完全被堵住,这些游牧者就像他们来时那样一下子就消失了。

当约宾讲完了事情的经历,莱斯利说:"看来,在工程恢复的时候,军事当局必须采取措施保护工地……"

萨根上尉则向约宾提出不同的问题:"这个匪帮由多少人组成?"

"400至500人。"

"有人知道他们朝哪个方向撤退吗?"

"朝南方。"

"不是有人说,卡琪人参与了这次事件吗?"

"不,只有柏柏尔人。"

"罗西里尼首领没在家乡再露面吗?"

"他怎么可能呢?"约宾回答,"3个月前他被抓起来关在加贝斯的要塞里。"

"迈里克与他们在一起吗?"莱斯利先生问。

"他没离开他们,"约宾回答,"工头们也在那里。"

"现在在哪里?"

"在基泽普绿洲……"

"远吗?"

"离迈勒吉尔20千米左右。"

"你能够去通知他们,说我们带着一些北非骑兵已到达古莱阿工地吗?"萨根上尉问。

"如果您愿意,我可以去,但我若一个人去,大概队长迈里克会犹豫不决……"约宾回答。

"我们马上商量一下怎么办。"上尉最后说。他让这位土著人吃些东西,土著人显然极需吃饭和休息。

莱斯利和两位军官在一旁商量着。

看来,这位阿拉伯人肯定认识迈里克,也认识莱斯利先生,就没有必要怀疑他的诚实。他肯定是在运河路段上招募的工人之一。

然而,在目前情况下,最迫切的,像大家所说的那样,就是找到迈里克,并把两个队伍合起来。此外,大家要求比斯克拉的军事当局预先派出增援部队,这样,大概就能把施工队送回来干活儿。

"我再说一遍,在大水淹没盐湖地带后,就再也没有什么可怕了。但首先应该恢复工程,为此,必须把失踪的工人找回来。"莱斯利说。

第二天天一亮他们就出发了。卡托夫中尉打算上午就抵达绿洲,下午再返回,天黑前到工地。迈里克可以骑马回到工地。至于工人们,他们徒步走,48小时内会重聚在工地,工作马上就能恢复。

就这样,在迈勒吉尔周围进行的勘察工作,暂时被搁置起来了。

一无所获

如果不到泽里拜,而到基泽普绿洲,食物还是有保障的;他匆忙结束了这段路——20千米长的一站,马不停蹄地穿过了这个无隐蔽处的平原。

早晨7点钟,卡托夫中尉和他的士兵就离开驻地。这天的闷热预示着有暴风雨,这样猛烈的暴雨往往会突然袭击杰里德平原。但是,不能浪费时间,莱斯利先生一心想找到迈里克和他的人。

不言而喻,中士骑上"闪电","红桃K"在马身边跑。

出发时,北非骑兵在马上驮着他们当天的粮食,如果不到泽里拜,而到基泽普绿洲,食物还是有保障的。

在等待卡托夫中尉返回的时候,莱斯利和萨根上尉在下士和阿巴斯先生的帮助下,着手安排宿营地,4个北非骑兵没参加卡托夫中尉的护送队和马车的驾驶工作。绿洲牧场上的草极充足,流向盐湖的一条小河滋润着这片草场。

卡托夫的远足想必只能维持12小时。事实上,这段距离包括"347千米"处和基泽普之间,不超过20千米。用不着太催马,在上午就能走完这段距离。然后,休息两个小时,下午就能够把分遣队和工地施工队长迈里克带回来。

人们给了约宾一匹马,并且看到他像所有阿拉伯人一样,是位好骑手。他跑在前头,靠近中尉和中士,一旦绿洲被甩到身后,他就朝东北方向走。

长长的平原,这处那处生长着一丛丛细小的树,小溪从大地上流过,流向远方。这正是阿尔及利亚处在干旱期的景象。只有几撮淡黄色的植物从这过热的土地里冒出来,地上的沙粒闪着光,就像阳光下的宝石。

杰里德的这一部分一片荒凉。此时,没有一支驼队从这里经过去撒哈拉边上的某个重要城市,如瓦尔格拉或图古尔特。没有任何反刍类动物会来此跳入快要干涸的河床里。"红桃K"可不管这么多,当"闪电"看到狗满身淌着水蹦跳着,对它投去羡慕的眼光。

小分队登上的正是这条河的左岸。约宾对军官提出的一个问题这样回答:"是的,我们沿河一直走到基泽普绿洲。"

"这个绿洲上有人居住吗?"

"没有,"土著人回答。"因此,离开泽里拜镇,我们不能不带着食物,既然古莱阿工地上没留下任何东西⋯⋯"

"因此,"卡托夫中尉说,"你们的队长迈里克的意图,肯定是要返回到工地同莱斯利会面⋯⋯"

"那是当然的,"约宾声言,"我回来是要确证,是否柏柏尔人已放弃了那个工地⋯⋯"

"你能肯定,我们在基泽普会找到施工队?"

"是的,我把施工队留在那里了,迈里克应该在那儿等我⋯⋯要是快马加鞭,我们在两个小时后就能到。"

在这酷热难熬的天气里加快脚步是不可能的,中士对此抱怨道:"热得真要命!我的中尉,自我到非洲后,我认为还从来没这样热过!我们吸进去的火,在我们胃里把喝进去的水煮开了⋯⋯而且,是否能像'红桃K'一样,把我们的舌头伸出来减轻点儿痛苦!你们看,它那红红的舌头都触到它的胸脯了⋯⋯"

"你也这样做吧,中士,"卡托夫中尉笑着应答,"学狗吧!虽然这不是个好方法!"

"喔唷!我再也不热了,"缪勒反击道,"最好还是闭上嘴,别呼吸……"

"当然，"中尉附和着，"今天如果不下一场暴雨，将不会结束……"

"我也这样想，"约宾响应着，他作为当地人，对于这样极常见的气温并不感到受罪，他又补充说："也许我们能先到基泽普……在那儿我们会找到绿洲的歇脚处，那样就能躲过暴风雨……"

"这正中下怀，"中尉又说，"刚才乌云开始向北涌，到这里就感觉不到风了。"

"哎，我的中尉，"中士叫起来，"非洲的这些暴风，就像从马赛到突尼斯的大客轮——它自己走！依我看，它们肚子里有机器！"

尽管天气炎热，尽管十分疲劳，卡托夫中尉还是加快了脚步。他匆忙结束了这段路——20千米长的一站，马不停蹄地穿过了这个无隐蔽处的平原。他希望赶在暴风雨的前头到达基泽普，他的北非骑兵可以在那里休息，他们可以享用随身带的布背包里的食品。等中午的酷热一过去，将近下午4点钟时，他们又重新上路，在黄昏时，他们就可以回到宿营地。

然而，马匹可受不了，骑手们不能让马坚持跑步。受这场即将来临的暴风雨的影响，空气变得令人窒息。这些厚重的乌云，只是极慢地上升，而中尉肯定要在它们冲到天顶前到达绿洲。在那边，地平线后面，云层并未彼此放电，耳朵还听不到远处滚动的雷声……

人们走着，一直在走着，而被太阳炙烤着的平原仍然荒无人迹，似乎无穷无尽。

"嗨！阿拉伯人，"中士招呼向导，"怎么看不见你那该死的绿洲？"

"你不会搞错了方向吧？"卡托夫中尉问约宾。

"没有，"土著人回答，"我不会弄错，只要沿着直达基泽普的河往上走……"

"既然什么都没挡我们的视线，我们应该能看见它了……"军官提醒着。

"那就是。"约宾用手指向地平线。

其实,当时只有几个树丛出现在一里以外。这是绿洲最早被看见的树,小分队只要跑一会儿,就能到达绿洲的边缘。但是需要马做最后的努力,这几乎不可能了,"闪电"现在应该被叫作"争后"了,尽管它有耐力,却沉重地在地上爬行。

当中尉走过绿洲边缘到达目的地时,已接近11点了。但他们一个工人都没有看见。中尉问道:"为什么他们不在那里了呢?"

"我对此解释不了,"约宾声称,"他们昨天还在那里……大概,他们担心暴风雨,也许到绿洲里面寻找避雨的地方去了!但我可以找到他们……"

在离那里百步之遥,有一块被高大的棕榈树围起来的林中空地,马可以在那儿恢复体力。用不着担心它们会从那里出去,还有一条小河从那里流向东北,穿过绿洲流向泽里拜方向。

在骑手们照料完他们的坐骑之后,就料理自己的事,他们把应该留到泽里拜吃的唯一的一份饭吃完。

在这时,约宾上到河的右岸上,距陪伴他的中士有几步远,超过了"红桃K"。按阿拉伯人的看法,迈里克的施工队应该在附近,等着他返回。

"你就是在这儿离开你的工友的吗?"中士问道。

"就是这里,"约宾回答,"我们在基泽普待了几天了,除非他们被迫返回泽里拜!"

"真见鬼!"缪勒骂道,"应该把我们带到那儿!"

"总之,"中士说,"我们还是回到营地……如果我们拖延不归,中尉会担心……我们去吃饭,然后我们在绿洲巡视一遍,如果施工队还在那里,我们就能找到……"

然后,他对狗说:"你没有任何感觉,'红桃K'?"

狗只是蹦跳着,不能告诉人们任何有用的迹象。然后,它的嘴张开,打了一个意味深长的呵欠。

"对……明白了,"中士说,"你饿得要死,你可以随便吃一块……我也一样……我的胃已经沉到脚跟了,最终我可以在它上面走了!这无关紧要,我只是奇怪,假如迈里克和他的人在这里露营,'红桃K'怎么找不到痕迹呢?"

约宾和中士走下河的陡岸,又走回来。当卡托夫中尉了解了情况,他并不像缪勒那样感到惊讶。

"你肯定没有弄错?"中士问约宾。

"没有……既然我是从你们称为'347千米'的地方来,去那里我走的是同一条路。"

"这里肯定是基泽普绿洲吗?"

"是,基泽普,"阿拉伯人断言,"沿着流向迈勒吉尔的河,我不会弄错……"

"那么,迈里克和他的施工队在哪儿呢?"

"在树林的另一块地方,因为我不懂他们为什么返回泽里拜……"

约宾从他携带的布背包中取出食物,然后坐在河岸的僻静处,开始吃起来。

中尉和中士两个人靠在一棵椰枣树下一起吃饭,而狗则守候着主人,等着扔给它的食物。

"可是,这就奇怪了。"缪勒又重复这句,"我们还是没看见任何人,也没发现营地的任何遗迹。"

"'红桃K'也没发觉什么吗?"军官问。

"没有。"

"告诉我,缪勒,"中尉看了一眼旁边的阿拉伯人又说,"有什么理由怀疑这个约宾吗?"

"确实,我的中尉,我们不知道他从哪儿来,也不知道他是谁……刚一接触时,我就怀疑他,我不隐瞒我的想法。但是,直到现在,我也没看出有什么怀疑他的理由……况且,他骗我们有什么好处呢?为什么他把我们带到基泽普……假如迈里克和他的人从未到过这里呢?我很了解这些阿拉伯鬼,从来不可靠。是他自己在工地等我们,他见过莱斯利,所以他认识莱斯利。这一切都让人以为,他是公司招募的一个阿拉伯人!"

卡托夫中尉任凭缪勒说,他所说的证据似乎总有道理……然而,当发现基泽普这个绿洲一片荒凉,而阿拉伯人却说曾经有许多工人聚集在这里,这至少是很奇怪的。

当卡托夫中尉吃完东西,休息过后又起身时,已经是下午1点半了。他看了看天空的状况,对阿拉伯人说:"在再上路之前,我要巡视绿洲……你给我们当向导。"

"遵命,"约宾回答,"随时准备上路。"

"中士,"军官补充道,"找两个我们手下的人,陪我们去,其他人在这儿等着……"

"遵命,我的中尉。"缪勒边答应着,边挥手让两个北非骑兵过来。

走在军官和他战友前的约宾向北走。现在离河远了,也就是说,大家下到河的左岸走,这样,整个绿洲都可以巡视到。

中尉和他的向导朝这个方向走了半小时。树枝还未浓密到挡住视线的地步,天空中滚动着的阴沉的涡状云现在已冲到天顶。在地平线那边,暴风雨的低沉的嘈杂声已经传过来了,北部远处的闪电不时划破天空。

来到绿洲的最边缘,中尉停住了。在他面前,伸展着淡黄色的、寂静而荒凉的平原。根据昨天离开这里的约宾的断言,如果施工队已离开基泽普,想必施工队已经远去了。迈里克已经取道去泽里拜或奈夫塔。但是,必须肯定,施工队并不在绿洲别的地方,回过头来朝河那边继续寻找似乎不太可能。

军官和他的士兵进入树林中,又花了一小时,也未发现营帐的踪迹。阿拉伯人好像很惊奇。大家用询问的目光看着他,他仍回答:"他们就在那里……昨天还……队长和其他人……是迈里克派我去古莱

阿的……准是早晨动身走了……"

"到哪儿去？按你的意见？"卡托夫中尉问。

"大概去了工地……"

"但是,过来时,我们并没有碰见他们,我设想……"

"不,假如他们没沿着河走……"

"为什么他们要走一条与我们不同的路呢?"约宾无法回答。

当军官回到休息地时,差不多4点钟了。寻找毫无结果。狗没扑向任何痕迹。似乎绿洲很久没人光顾,无论施工队还是任何卡菲拉人。

于是,中士抵不住一个念头的纠缠,靠近约宾,正面看着他说："嗨！阿拉伯人,你要把我们弄到里边去吗？"

约宾面对中士的眼光,并没垂下眼睛,只是轻蔑地耸耸肩膀。要不是卡托夫中尉拉住中士,他会掐住阿拉伯人的喉咙。

"镇静,缪勒,"他说,"我们马上回古莱阿,约宾跟着我们……"

"那要在我们两个人中间走……"

"我有准备。"阿拉伯人冷冷地回答,他的目光一下子变得激动起来,尔后又恢复了往日的平静。

大海入侵

风雨兼程

现在乌云从这边的地平线扩散到另一边的地平线。他们主要担心的是,雷雨会转为狂风暴雨。

马在草地上吃饱了,饮足了河里的水,能够走完基泽普和迈勒吉尔之间的路程了。小分队肯定能在天黑之前返回。

当中尉下达出发的命令时,他的表已指向4点40分了。中士走在中尉旁边,阿拉伯人走在两个北非骑兵的中间,时刻受到监视。应该对他留心,缪勒和他的战友现在也怀疑约宾了。

马快步走着。大家感到很快就要来到的暴风雨对马的刺激了。现在乌云从这边的地平线扩散到另一边的地平线。闪电划破云层,穿过空间相互交织,可怕的雷声轰轰作响,尤其在荒凉的平原,没有任何回声折射回来。此外,没有一丝风,也没有一滴雨,在这种火烧似的天气里,大家都透不过气来,肺只能呼吸火热的空气。

可是,即使天气状况并未变得更差,卡托夫中尉及其战友还是急切地往回赶。他们主要担心的是,雷雨会转为狂风暴雨,首先是风,接着是雨会突然出现,在连一棵树都没有的干旱平原上,到哪儿去寻找躲雨的地方呢?

因此,重要的是,用最短的时间重返"347千米"处。但是马不听从骑手们的命令了。不一会儿,它们停下来,好像它们的蹄子被拴住了,它们的肋部被马刺刺出了血。况且,人本身很快也感到软弱无力,不能走完这最后的路程了。健壮的"闪电"已精疲力竭,每走一步,它

的主人都担心它会倒在滚烫的土地上。

在中尉的督促和激励下,将近晚上6点钟时,大家已走完了四分之三的路。如果一层厚厚的乌云不把离地平线很近的太阳遮住,人们就可以看到迈勒吉尔盐湖地区闪闪发光的盐霜。绿洲的树丛,模模糊糊地扩大,估计再有1个小时,准能到达那里。当小分队走过最初看见的树时,天还没完全黑。

"前进!朋友们,加油,最后加把劲儿!"中尉反复地说。

但是,尽管他的士兵有耐力,他却看到小分队已乱七八糟了,几个骑兵已落在后面。为了不抛下他们,只好等他们。

他确实希望雷雨不发生,代之以雷和闪电交替。最好风使空气变得清爽些,大块的云不变成雨!缺少的是空气,肺在这样使人窒息的空气里运转得极困难。

风终于起来了,大概空中的高电压决定了它的猛烈。这股高压气流越来越大,在它们交汇时形成了旋风。震耳欲聋的声音与雷声交织在一起,形成令人难以置信的尖锐的呼啸声。由于雨没能压住尘土,就形成巨大的陀螺形,以令人难以置信的速度旋转,这种巨大的陀螺造就了无法抵抗的吸力。人们听到被卷进这旋风中的鸟在喊叫,任何力量都无法把它们从中救出。

马处在有龙卷风的路上,被它抓住了,它们彼此分不开,许多人很快被掀下马。大家彼此再也看不见、听不见。旋风卷起一切,向杰里德南部平原呼啸而去。

卡托夫中尉和他的人马一起被推到盐湖,远离了营地。幸运的是,滂沱大雨突然降临。因受阵风的袭击,旋风在浓夜里消失了。

这样,小分队被驱散了。要把它集中起来不是没困难。况且,在闪电的光下,中尉认为绿洲并不在1千米多一点的东南方。

最后,经过反复呼唤,人和马又重聚在一起。突然,中士大喊:"阿拉伯人在哪儿?"

两个负责看守约宾的北非骑兵也回答不出。在龙卷风把他们拖进旋涡中时,由于彼此离得远,他们也不知道他怎样了。

"无赖!……他溜了!"中士重复着。"他溜了,而他的马……我们的马与他一起……他把我们骗了,这个阿拉伯人,他把我们骗了!"

军官沉思着,一言不发。

差不多就在缪勒想起阿拉伯人的同时,"红桃K"疯狂地叫起来冲过去,跳着消失在盐湖的方向。

"到这里,'红桃K'……到这里!"中士极不安地喊道。

但是,也许狗没听到,也许狗不愿意听,不一会儿便消失在黑夜中。

于是,卡托夫中尉想,是否发生了灾难,是否在他去基泽普的时候,有什么危险威胁着留在古莱阿的莱斯利、萨根上尉和其他人。无法解释阿拉伯人的消失,使得一切假设都变得合乎情理了,像缪勒反复说的那样,分遣队是在和一个奸细打交道。

"尽快回宿营地!"卡托夫中尉下令。

此刻,风几乎平息了,但雨越来越大,雨水冲出了宽宽的水沟,地表出现许多水坑。天已黑了,虽然太阳还未消失在地平线以下。向绿洲行进变得困难了,没有任何火光标明宿营地的方位。

当他们返回出发地时,惊讶地看到:那里既没有莱斯利先生、上尉、下士,也没有任何留下来与他们会合的人。

大家呼唤、鸣枪……没有任何回应。许多有树脂的树枝被点着了……

帐篷没有了,四轮马车没有了,应该意识到它们被抢劫了。拖车的骡子、萨根上尉和他战友的马,都不见了。宿营地就这样遭到了攻击。毫无疑问,约宾只是为了这次新的袭击才留下来,并把卡托夫中尉和他的北非骑兵引到基泽普方向。

不言而喻,阿拉伯人并没有返回。至于"红桃K",中士呼喊它也白费劲,整夜的时间都过去了,它再也没出现在古莱阿的宿营地。

在中尉他们离开的这段时间里,究竟发生了什么事?

突然袭击

大家立即在绿洲边缘准备宿营地,就在工地附近。阿尔及利亚的总督和突尼斯的总驻扎官应尽快了解局势。没有任何迹象显示小分队的接近,甚至在前面跑的狗的叫声都没有。

在卡托夫中尉出发前往基泽普绿洲后,没有人怀疑约宾,没有人怀疑当天晚上迈里克就能与他回到工地,带着一些由卡托夫重新带回来的工人。

卡托夫中尉离去后,在"347 千米"处,只留下莱斯利先生、萨根上尉、丹尼尔下士、阿巴斯先生、四个北非骑兵和两个驾车手。大家立即在绿洲边缘准备宿营地,就在工地附近。四轮马车被拖到那儿,然后,卸下设备,像往常一样支起帐篷。至于马,驭手和北非骑兵为它们找到一块牧场,有充足的草料。

为了把当前的情况传出去,莱斯利和萨根上尉同意派信使到奈夫塔或托泽尔。他们挑选了两名四轮马车的驭手,他们特别熟悉道路,常与驼队的人一起闯荡。这两个突尼斯人,人们对他们可以完全信任。这两人乘上自己的马,天一亮就出发了。他们带着两封信,一封是莱斯利的信,是交给公司的;另一封是萨根上尉的信,交给托泽尔军事司令的。

早餐之后,在树丛下的帐篷里,莱斯利先生对上尉说:"现在,我亲爱的萨根,我们让下士、阿巴斯先生和我们的人进行最后的部署吧……我想较确切地了解,对运河最后一段要进行的补救……"

为了估计投到运河里的杂物量,莱斯利巡视了这段运河。为此,他对他的同伴说:"当然,这些土著人是大量的,我知道,迈里克和他的人抵挡不住他们……"

"但是,这些阿拉伯人、卡琪人或其他人,不可能大批地来。工人们一旦被赶走,他们怎样捣毁这地方的工程呢,有那么多的建筑材料又怎样抛到河床里呢?这想必需要相当长的时间,与约宾说的正相反。"

"我只能这样解释,"莱斯利先生辩驳说,"不需要挖,只需要填埋并让陡峭的河岸倒塌到河床里,因为那里只有沙子和迈里克及其人员惶恐逃走时丢掉的建筑材料,也很可能还有以前的材料,我不认为这件事那么简单。另外,我认为补救工作充其量用15天就会完成……"

"这算是幸运了,"上尉提醒道,"但是,保护运河直到完全淹没两个盐湖,在迈勒吉尔大盐湖这段和其他各段就变得很重要。这里发生的事,在别处也会发生。杰里德的居民,尤其是游牧人,一定是冲昏了头脑,部落的首领煽动他们反对创造这个内海,而来自他们那方面的入侵始终让人担心……因此,军事当局理应有所准备。用比斯克拉的、奈夫塔的、托泽尔的、加贝斯的驻军,建立有效的监控,使工程免受新的袭击。"

总之,比较迫切和重要的是,阿尔及利亚的总督和在突尼斯的总驻扎官应尽快了解局势,他们才能拯救投入这项伟大事业中的各种利益。

视察完以后,莱斯利和上尉返回仍在修建的宿营地,只需要等中尉了,他肯定会在天黑之前返回。

在探险中,比较重要的问题就是补给问题。这时,探险队的粮食,或是由两辆四轮马车的储备提供,或到杰里德这个地区的镇上或村庄购买。无论是人还是马,都不缺吃的东西。

然而,在"347千米"处重建工地,还需要定期储备一些粮食,以供数周时间的逗留期。因此,萨根上尉在通知附近驻军的军官的同时,还要求他们向他提供在绿洲逗留期间所需的生活用品。

当天,从上午开始,天气就热得难以忍受。因此午饭后,莱斯利和上尉决定延长休息时间。虽然他们躲在自己的帐篷下,虽然帐篷又立在绿洲边的树下,但酷热还是钻进帐篷,没有一丝风掠过天空。

这种状态不免使莱斯利先生和上尉担忧:即将到来的雷雨可能会耽误中尉的行程。

"大概今晚我们看不到他了。"萨根上尉有些担心地说。

下午过去了,没有任何迹象显示小分队接近,甚至在前面跑的狗的叫声都没有。现在,闪电在不到4千米远的天空不断地闪,大块凝重的云已经冲上天空,慢慢转向迈勒吉尔方向。雷雨将要降临到营地了。

可是,莱斯利、萨根上尉、下士和两名北非骑兵却待在绿洲边缘。在他们眼前,展现着广阔的平原,平原上的盐霜不时地反射出闪电之光。

他们白白地把疑问的目光投向地平线。没有任何骑兵小队出现在那边。

"小分队肯定没在路上,今天就不必等了。"上尉说,"我们回营地吧,因为很快就要下雨了。"

这4个人走了十步左右,下士停住了说:"听!上尉……"所有人都转回身去。

"我好像听到狗叫声……是中士的狗吗?"

他们注意听。不!在短暂的平静中,根本没有狗叫声。下士肯定是弄错了。

萨根上尉和他的战友因此又走上回营地的路,穿过被狂风吹弯了树的绿洲后,他们又回到帐篷里。

过了几分钟,他们就被围困在狂风暴雨之中。

下午6点钟时,上尉为过夜做准备,这一夜将会是探险队自离开加贝斯以来最倒霉的一夜。大家开始为中尉担心起来,并开始怀疑约宾可能是冒充的。他们还担心中尉会受到袭击。

将近6点半了。暴风雨正紧。不少树遭到了雷击,莱斯利的帐篷差点儿被闪电击中。大雨如注,汇成千万条小河流向盐湖,绿洲的土壤变成一种絮状沼泽地。与此同时,狂风大作。树枝被折断,大批的棕榈树被连根拔起。

再也不能出去了。

非常幸运的是,马及时地躲到一棵能抗飓风的大树下面,尽管暴风雨很可怕,它们还是挺住了。留在林中空地上的骡子却不是这样。它们受雷雨的惊吓,尽管驭手们拉着,它们还是逃脱了缰绳。

一个北非骑兵向萨根上尉报告,后者大喊:"必须不惜一切把它们抓回来……"

"两个赶车人去追它们了。"下士回答。

"去两个人接应他们!"军官命令道。"假如骡子跑出绿洲,它们就丢了……在平原上就没法抓到它们了!"

尽管狂风袭击营地,四个北非骑兵中的两人还是冲向林中空地的方向,两个赶车人不时听到那边的喊声。

虽然猛烈的闪电和雷击没有减弱,狂风却突然缓和下来,风和雨都小了。但夜色幽黑,大家只能借着闪电才能互相看见。

莱斯利和萨根上尉走向帐篷,阿巴斯先生、下士和两个与他们留在营地的北非骑兵跟在后面。

显然,猛烈的暴风雨肯定要下一夜,绝不该指望卡托夫中尉转回来了。他的人和他只能第二天上路了,那时穿越杰里德的路就会好走了。

突然,他们听到北方的狗吠声,上尉和他的同伴是多么惊奇,多么高兴啊!

这一次没弄错,一条狗向绿洲跑来,很快来到绿洲跟前。

"'红桃K'!……是它……"下士喊起来,"我听出了它的声音……"

"这么说卡托夫离这儿不远!"萨根上尉也附和着。

然而,来人并不是中尉他们,而是三十个左右的土著人。他们从四周跳进营地。上尉、莱斯利、下士、阿巴斯先生和两名北非骑兵被围住了,不等他们反抗就被抓住了。

顷刻,一切都被抢光了,马匹被拉向迈勒吉尔地区。

这便是当卡托夫中尉到达营地时,这些人踪影全无的原因。

大海入侵

不可接近的绿洲

他们生性勇敢,不怕死,他们还穿着他们祖先那样的服装。帕尼的这些卡琪人,是一些可怕的强盗。逃跑被当作胜利,欢呼声从四面八方响起。

在撒哈拉的深处,有一片名叫帕尼的绿洲。要靠近这个绿洲比较困难,也比较危险。沿着欣吉兹,盐沼地区的土壤一点儿也不坚实。到处都有能让人整个陷进去的流沙。透过由特殊的土壤(浸满石膏和盐的沙子)构成的地面,几乎都是只有当地居民才认识的、能走人的羊肠小道,去绿洲非走这些小路不可,否则准得饱尝坑洼之苦。

保留着纯正血统的卡琪人的种族,就在帕尼绿洲。在那儿,风俗习惯没有丝毫改变。典型的卡琪人,面貌严肃、态度傲慢、走路缓慢、自尊心强,所有人都在他们比较健壮的右臂上戴着他们喜爱的青蛇纹镯子。他们生性勇敢,不怕死。他们还穿着他们祖先那样的服装,苏丹的棉制无袖长服,白衬衣或蓝衬衣,裤子在踝骨处扎紧,着皮便鞋,用一条卷状男用头巾把伊斯兰小帽固定在头上,连着头巾的面纱垂到嘴上。

帕尼的这些卡琪人是一些可怕的强盗。他们进行袭击,有时要穿越突尼斯的平原,甚至到加贝斯附近。军事当局组织过几次对这些劫匪的征讨。但是,他们很快就到迈勒吉尔遥远的隐蔽处藏起来。

此外,卡琪贵族很节制,他们既不吃鱼,也不吃野味,只吃少量的肉、椰枣、无花果、浆果、面粉、奶制品、鸡蛋。他们也有仆人伺候。至于隐士、护身符销售者，他们对卡琪人的影响是很大的，尤其是在杰里德地区。况且，卡琪人都迷信，他们信灵魂，他们怕鬼魂，以致死了人他们不哭，害怕死人复活，在他们的家庭里，已故人的名字随之消失。

帕尼的这个部落的某些特点，也正是罗西里尼身上的特点。这个部落一直承认他是首领。除了罗西里尼，他母亲塔赫拉在卡琪部落中也很受尊敬。在帕尼的妇女中，这种情感甚至达到崇拜的地步。所有妇女都分担着塔赫拉对外国人的仇恨。她使她们盲从，就像她的儿子使男子们盲从一样。人们没有忘记塔赫拉对罗西里尼有多么大的影响——这些也就是所有卡琪妇女所拥有的影响。此外，这些妇女比她们的丈夫和兄弟有知识。她们会写字，而男人则勉强会读，在学校里，是她们教语言和语法。对于斯蒂文上尉的事业，她们从没有一天停止过反抗。

罗西里尼在越狱后，幸运地穿过咸水湖地区和盐沼地区，并重返帕尼绿洲，很快与塔赫拉团聚。大家无比热烈地迎接他的返回！逃跑被当作胜利。欢呼声从四面八方响起，鼓乐齐鸣。只要罗西里尼发出一个信号，他的所有信徒就会涌到杰里德的各个市镇。

但是，罗西里尼知道克制卡琪人狂热的激情。面对工程恢复的威胁，最紧迫的事是，确保盐沼西南角绿洲的安全。他不允许外国人把迈勒吉尔变成一个可航行的大水池，让轮船来往于四面八方。因此，首先就要捣毁运河工程。

罗西里尼亲自领导对运河最后一段发动进攻，他把公司的最早一批工人驱散。数百个卡琪人在那里赶忙填埋运河，然后返回帕尼绿洲。随后，罗西里尼往莱斯利探险队派出了约宾这名奸细。他用调虎离山之计调走了中尉和部分士兵，然后又派出三十多个卡琪人将莱斯利、上尉和他们的同伴抓了起来。当卡托夫中尉回来时，他们已经带着俘虏逃进了帕尼绿洲。而约宾，随后也返回了绿洲。

需要在此特别指出的是，缪勒中士的狗在袭击时已经到达。它对本故事的发展起着非常重要的作用。

囚徒生涯

大家在那儿并未发现任何缺口。他们得不到任何光亮,也没有更多的食物。萨根上尉又一次想了解卡琪首领为他们安排了怎样的下场。

俘虏们被带到的地方,是镇上原来的要塞。破损的墙围着绿洲北边的一个不太高的小丘。过去,杰里德地区部落间进行激烈争斗时,帕尼的卡琪人把它作为简易的碉堡。但是,争斗平静后,大家既不去修它,也不维护它。一个被削去顶尖的、类似清真寺尖塔的建筑,是这个堡里唯一的突出物,从那里可以很开阔地眺望四方。

可是,虽说它已破败,这个堡的里面还可以住人。进到里院有两三间没家具、没有壁饰的房子,被厚厚的墙壁隔开,可以躲避四季的风寒。

自来到帕尼后,莱斯利、萨根上尉、丹尼尔下士、阿巴斯先生和两个北非骑兵就被带到这里。

罗西里尼没对他们说任何话,带着12名卡琪人把他们押到这个堡里来的索阿尔不回答他们提出的任何问题。

当索阿尔把他们单独留下后,上尉和莱斯利首先仔细地观察这个堡。他们看见,在院中间,矗立着那个半截塔。必须清楚地认识到,围墙很高,是越不过去的。大家在那儿并未发现任何缺口。只有一扇门朝进入中心院子的路开着。这扇门被索阿尔关上了,而它那厚实的门扇,还用铁板加固了,不可能被打破。然而,人只能从这个门出去,而

且,堡的四周肯定有警戒。

夜幕降临了,俘虏们要在漆黑中过夜了。他们得不到任何光亮,也没有更多的食物。在最初几个小时里,他们等着有人送吃的东西和水来,因为他们渴极了,但门没有开。

俘虏们借着短暂的黄昏的光亮浏览了一下院子,然后他们聚拢在了一个紧靠院子的、放置了一个用细茎针茅编的粪桶的屋子里开始交换看法。

现在,罗西里尼对他的这些俘虏有什么意图呢?他肯定认出了萨根上尉。既然把他抓住了,他不想惩罚上尉吗?不会置他和他的同伴于死地吗?

"我不这样想,"莱斯利先生声称,"我们的生命不可能受到威胁……相反,卡琪人考虑到以后,他们的兴趣是把我们作为人质。"

"可能说得有理,"萨根上尉回答,"但是,不要忘记,这个罗西里尼是个爱记仇和残忍的人……"

"而这正好是要对付您,上尉,"丹尼尔下士提醒上尉,"因为您几周前确实抓住过他。"

"事实上,下士,甚至我也惊奇,既然认出了我,知道我是谁,他并不首先使用暴力!此外,我们走着瞧……我们必须不惜一切代价逃脱。对我来说,当我在我的同伴面前出现时,我要成为自由的人,而不是作为交换的俘虏,我也要维护我的生命,并为自己找回手中的手枪或战刀,与那些靠突然袭击才制服我们的匪徒面对面斗争。"

于是,大家开始筹划越狱的方案。大家并没有忘记狗,自从他们出发以来,"红桃K"追踪俘虏一直到帕尼,卡琪人并不想赶走它。但是,当萨根上尉和他的同伴被带到碉堡的时候,他们不让这忠诚的动物追随着俘虏到那里。这是故意的吗?这很难说。可以肯定,所有人都为不能拥有它而遗憾。然而,如果它在那儿,既然它那么聪明,那么效忠,它能为他们做什么呢?

大家正说话的时候,有人进来了,大家忙沉默下来。他们看见一个卡琪人进来了,他送来一些糕点、冷肉和椰枣,这些东西够十个人吃一天了,水罐里盛满了从穿过帕尼绿洲的小河里汲取的水。这个卡琪人叫艾哈迈德,是罗西里尼的心腹之一。

萨根上尉又一次想了解卡琪首领为他们安排了怎样的下场,他问艾哈迈德到底要把自己怎么样。

艾哈迈德不愿回答。他肯定接受了这方面的命令,但他没讲一句话就离开了院子。三天过去了,局势没有任何变化。想办法从堡里逃走,这不可能,因为要翻过高墙,没有梯子不行,而门又不能强行打开。即使趁着黑夜翻过墙,萨根上尉和他的同伴能穿过绿洲逃走吗?外面似乎有警戒,无论白天还是夜里,在环形路上一点儿脚步声都不能发出。

在他们被监禁的第一天,下士从破台阶上到没有顶篷的帽状拱顶上,透过最后的门洞看,竟然发现绿洲广阔的全景尽收眼底。在他下面,帕尼绿洲树中的城镇环绕着堡。向远看,欣吉兹这块领土东西纵长三四千米。北面排列着一大群住房,在树荫中显得很白。其中有一所房子被墙围起来,门前入口处插着许多旗子,在微风中飘舞。下士估计那住宅是罗西里尼的。

4月20日下午,下士又到拱顶的观察部位,发现镇上有大的活动:好像有许多当地人从欣吉兹不同的地点来。他们并不是做生意的驼队,因为没有骆驼,也没有和他们一起来的牲口。另外,主要的广场很快挤满了人。

很可能,这是罗西里尼在召开一个重要的会议。看到这一切,下士把情况告诉了大家。萨根上尉马上来到下士身边,爬到狭窄的拱顶塔上。

没错,肯定是一次集会,总共有数百名卡琪人此刻聚集在帕尼。人们可以听到叫喊声,从塔上可以看到有人打的手势,而这样的沸腾局面,直到来了一位人物才停止,这个人身后跟着一个男人和一个妇女,从房子里出来。下士指着走在妇女前面的卡琪首领。

"这就是罗西里尼,就是他!我认出他来了。"萨根上尉叫起来。

确实,这就是罗西里尼,后面是他的母亲塔赫拉和他的兄弟索阿尔。他们一进入广场,人们就欢呼起来。

一会儿安静了下来。罗西里尼在人群簇拥下开口讲话,在一个小时中,他的话不时被热烈的欢呼声打断,他对这群土著人高谈阔论。但是,无论是上尉还是下士,都无法听到他讲些什么。当会议结束时,又发出一阵叫声,罗西里尼回到他的住所,小镇又恢复了往日的平静。

萨根上尉和下士很快跳到院子里,把他们看到的告诉自己的同伴。

莱斯利说:"我认为这次集会是为了抗议水淹盐湖,肯定要搞几次新的袭击……"

"我也这么想,"萨根上尉附和着,"这也许针对的是迈里克又在古莱阿安营扎寨。"

这番议论之后是一阵长时间的沉默。上尉和莱斯利交换了一下眼光,他们感到很无奈,因为他们现在什么事都干不成。

一天过去了,但情况没有任何改变。早晨一些吃的东西又被放到院子里。天黑了,他们又躺在几天前过夜的房子里的草铺上。突然,外面响起了声音,下士立即起身,蜷缩在门边仔细听。他发现:传入他耳中的并不是脚步声,而是低沉的和悲哀的尖叫声。一只狗沿着墙根转来转去。

突然,下士喊起来:"'红桃K'……是它!是它!"

狗卧在靠门槛的地上。

"'红桃K'……'红桃K'……是你吗?我的好狗。"他重复着。狗熟悉下士的声音就像熟悉自己主人的声音一样,用克制的叫声回应。

"对,是我们……'红桃K'……是我们!"下士还是重复着,"啊!假如你能找到中士和他的老兄,你的朋友'闪电'……'闪电'……你听见吗,通知他们,我们被关在这小屋!"

萨根上尉和其他人都靠近大门,下士伸手抚摸它。"红桃K"听懂了,因为,在下士给它最后再见意思的抚摸后就走了。

第二天像头天一样,吃的东西一早就送来了,囚徒们的处境还是没变化。

第二天夜里,狗没有回来。下士很担心这可怜的狗遭人暗算,再也见不到它了……

两天过去了,没有任何意外发生,大伙儿没发现镇上有任何活动。4月24日,将近11点,萨根到高顶上观察时,发现帕尼有活动。像马的喧闹一样,响起了不同往常的枪声。同时,居民们聚集在主要广场上,许多骑马的人正向广场走来。一切都显示出,卡琪人的首领马上要出发了。他在马上,在广场的中央,巡视一百名左右像他一样骑在马上的卡琪人。半小时后,罗西里尼率领队伍,走出小镇,向欣吉兹以东走去。

上尉迅速地从上面跳到院子里,向同伴们宣布那些人出发之事。

"这是向古莱阿的征讨,那里的工程就要恢复了,毫无疑问。"莱斯利说。

"谁知道罗西里尼是否会同卡托夫及其分遣队遭遇?"上尉说。

"是啊,一切都有可能,但这又不肯定,"下士回答,"然而,可以肯定的是,既然罗西里尼和他的无赖们离开了市镇,正好是我们逃走的机会……"

卡琪人走后的第二天夜里,狗像第一次那样,让人听到沉闷的叫声,同时它靠近大门,用爪子抓地。

在本能的引导下,"红桃K"在围墙脚下的一个地方发现了一个洞,这个洞用土掩上了,一般人看不出来,但敏感的狗能感觉到,它用爪子扒开了土,然后从洞里钻了进去。

当它出现在院子里时,下士便看见了它。"红桃K"跑向下士,又跳又叫,他费了一些力气才止住它。

萨根上尉、莱斯利先生和其他人立即冲出屋子,狗返回它刚穿过来的那个洞,他们跟着它。他们惊喜地看见了狗钻进来的那个洞:那其实可以算作一个窄道出口,只要扒开一些石头和泥土,一个人就可以溜过去。

就这样,萨根上尉他们绝处逢生,全都迫不及待跟着狗从洞里爬了出去。

他们自由了!

暗夜逃亡

说时迟,那时快,狗一下子就扑向他,咬中了他的咽喉。逃跑者就沿着边缘走,尽量隐蔽自己。一阵巨大的声音在树丛左面响起。

夜异常漆黑,乌云浓重,不见星光。如果没有狗在那儿引导,萨根上尉及其同伴就不知朝哪个方向走。他们都为狗的聪明感到自豪。另外,在堡附近和土坡上,他们没有撞见任何人,就从坡上一直溜到前排树的边上。

当时是夜里11点。寂静笼罩着村镇,住户的窗户都关上了,透不出一丝光亮。

逃跑者悄悄穿过树林,走到绿洲边界。路上,他们遇见了一个提着灯笼的人。他们认出了他,他也认出了他们——这人就是约宾,他从镇这一头回家。

约宾正要叫喊,说时迟,那时快,狗一下子就扑向他,咬中了他的咽喉。约宾立刻倒地身亡。

"干得好!'红桃K'。"下士说,"上尉,下一步我们该怎么办?我们根本不认识路。"

"我们跟着它!"萨根上尉指着狗说。下士点点头:"对,只有跟着狗走了!它没错!况且,它夜里看东西如同白天一样!我向您保证,这是一条长着猫眼睛的狗!"

就这样,上尉和他的战友不再顾及约宾的尸体,加快脚步,沿着欣吉兹边缘,向迈勒吉尔的东部走去。

逃跑者大步流星赶路,没有碰到坏人,当太阳升起的时候,他们在一个棕榈树林中休息。这个树林很荒凉,最近的村镇在这片树林的南部边缘,因此很容易避开这些村镇。此外,放眼向东看,也看不见罗西里尼的人马。已经走了15个小时,帕尼离这地方想必已经很远了。

休息了一小时后,只吃了一些椰枣,逃跑者就继续向前走,尽量隐蔽自己。天阴着,几缕阳光勉强从云缝里透出来。雨好像就要来了,但是,幸运的是雨并没下。

一直到中午,没有发生任何紧急情况,没有碰到一个土著人。至于罗西里尼匪帮,肯定已经在三四十千米外的东部。

又休息了一小时,椰枣不缺,下士挖出一些根茎放在灰烬里烤。大家好歹吃了一些,狗大概也喜欢吃。

天黑时,已离帕尼25千米,萨根上尉停在欣吉兹的尽头。这是最后一个绿洲的边缘。荒凉广袤的凹地向绿洲外延伸。在无边无际亮晶晶的平坦盐霜上,没有向导,走路既困难重重又有危险。因此,他们现在最需要做的事情是休息。

在这个季节和这个纬度用不着担心冷,下士毛遂自荐上半夜担任哨兵,其余人便蜷缩在一丛棕榈树脚下,放心地睡了起来。

下士在"红桃K"的陪伴下坚守岗位。但是,刚刚过了一刻钟,他就忍不住要睡,一开始差不多是无意识的,随后就躺在地上,眼睛不由自主地闭上了。幸运的是,忠诚的"红桃K"是更好的哨兵,因为午夜前一会儿,低沉的狗叫声叫醒了熟睡者。

"警报……警报……"刚刚起身的下士突然喊起来。

很快,萨根上尉就起来了。

"听!上尉!"下士说。

一阵巨大的声音在树丛左面响起,像树枝的断裂声或撕扯灌木林的声音,离树丛有百步左右。

"是帕尼的卡琪人发现我们越狱,沿着我们的足迹追上我们了吗?"

萨根上尉侧耳听了一会儿对下士说:"不,这不是土著人!如果他们企图对我们突然袭击……他们不会发出这样的声音……"

"那么是什么?"莱斯利问。

"这是动物……猛兽转来转去在绿洲穿行。"下士说道。

大家的心紧缩起来,现在,野兽的威胁与卡琪人的威胁一样可怕,假如一头或数头狮子扑向营地,手无寸铁的他们能抵抗吗?

狗发出了焦躁不安的信号。下士用很大力气才按住它,不让它叫,不让它扑向发出愤怒吼叫的地方。

没有野兽对他们进攻。那么,究竟发生了什么事?是野兽之间厮打起来,激烈地争夺猎物吗?

就在大家感到焦虑不安的时候,"红桃K"却突然从下士的手中挣脱开来,朝营地的右侧跑去。

"'红桃K',回来……"下士叫着。

但这动物,或是没听到,或是不愿意听,并没有回来。

此刻,嘈杂声、吼叫声似乎远了,一点一点地变小,直到没有了。唯一还感觉得到的声音,就是"红桃K"的叫声。

"走了,这些猛兽肯定走了!"萨根上尉说,"它们并没闻到我们在这里!用不着再害怕了……"

"但是'红桃K'怎么了?"下士站起身来,想去看看狗怎么样了。

"不……别动,下士!"上尉命令他,"我们等到黎明,就会知道该做什么……"

确实,在这样的情形下,只身行动很危险。下士服从了。

黎明时分,大家看见"红桃K"回来了,大家发现它的皮毛上有新鲜的血迹。

"肯定那边有什么受伤的或死的野兽,或许是一只被斗败的狮子,我们去看看。"萨根上尉说。

所有人都跟着狗,它叫着带领大家走,在百步左右的地方,他们找到一只淌血的野兽。这并不是狮子,而是一只被野兽咬死的大个儿羚羊。为此,野兽们肯定厮打起来,反而把羚羊丢下了。

这对于探险队来说真是好事,他们不用再被迫吃树根和椰枣了。北非骑兵和下士立即动手,把羚羊身上最好部位的肉切下来,也给"红桃K"一份。他们把好几千克的好肉带到营地。大家把火点起来,放到热炭上几片,一起共享美味烤肉。在吃了这顿以肉代替水果的饭后,每个人都恢复了体力,大家都很高兴。饭后,下士和两名北非骑兵把剩下的鲜美的肉片放在炭火上烤。然后,等肉片凉了,下士把肉集中到一起,分成六等份儿,每人拿一份,用鲜树叶包起来。

早晨7点钟,太阳在染红的雾里升起,这预示着又是一个热天。

"上路!"萨根上尉说,"不要耽搁……万一让帕尼的卡琪人追上的话,我们就前功尽弃了!"

于是,这一行人又踏上了充满危险的逃亡之路。

大　洪　水

只要循着这些脚印,不偏离这些土著人才熟悉的小路,就能直达古莱阿绿洲。盐壳在脚下折断,沙子在下面退缩,使水往上冒。

萨根上尉和他的战友离开欣吉兹已经七个多小时了。盐沼地的特殊性质迫使他们小心翼翼地向前走。地表的盐霜让人无法了解是否这块地有足够的牢度,不知下一步是否会陷入坑中。

从欣吉兹出来,逃跑者希望找到罗西里尼和他的卡琪人的小队穿过这片盐沼留下的痕迹。既然这几天没有风雨横扫迈勒吉尔东部,这些脚印还来不及被抹掉。在这种情况下,只要循着这些脚印,不偏离这些土著人才熟悉的小路,就能直达古莱阿绿洲,很可能卡琪人首领去绿洲也是走此路。

在缓慢行进的过程中,上尉和莱斯利坚持走在前面,狗作为侦察兵跑在更前面。在确定走什么方向之前,他们设法勘察土壤的结构,在长长的盐层上试验相当麻烦,只能慢慢走。因此,第一段路走完时快到11点钟了,只不过才走了四五千米。应该停下来,既是为了休息,也是为了吃饭。

眼前既无绿洲也无树林,甚至连一丛树也没有。只有数百步外沙地微微的隆起,打破平原的单调。

"我们没有选择。"萨根上尉说。

所有人向这个小沙丘走去,坐在太阳照不到的那面。每个人都从口袋里取出一块肉。下士想找一个泉从中汲些可饮用的水,却白费工夫。没有一条河从迈勒吉尔的这个地区穿过，只能用在上一个营地采集的椰枣来止渴。

将近 12 点半，又开始走，继续走并非不累，也并非没有困难。萨根上尉尽可能靠太阳的位置维持向东的方向。差不多每时每刻沙子都没过脚。"红桃 K"一直向前走，当它感到白色的盐壳下陷了，就自己返回来。于是大家就停住，探探路，有时要躲开约 50 米，这样就要曲曲弯弯地走路。天黑了，他们精疲力竭地停下来休息。这时，下士走近军官，对他说："上尉，恕我直言，我觉得在那个位置宿营更好！"

"什么，下士？"

"上尉您请看。"下士指着东北方盐沼的一个地点说，到那儿的距离至多有 3 千米。

所有眼睛都跟着转向那个方向。下士并没错。很幸运，那儿有一个绿莹莹的小丘，当地人称"泰尔"。在泰尔上长着 3 至 4 棵本地罕见的树。如果萨根和同伴们能到那儿去，或许他们能在不太恶劣的环境下过夜。

"应该去的是那儿……不惜一切代价。"军官表示，"我们走，朋友们，最后加把力！"

所有人跟着他。当太阳落下时，他们才勉强走了 2 千米。刚处于上弦月的月亮紧跟着太阳，很快就隐到地平线后面了。在低纬度区短暂的黄昏过后，跟着就是幽黑的夜幕。因此，重要的是，要利用白天最后的光到达"泰尔"。

萨根上尉一行 6 人，排成纵队，看一步走一步，路越来越差。盐壳在脚下折断，沙子在下面退缩，使水往上冒，有人陷入流动层直至膝盖，还不易拔出来。阿巴斯先生因离路过远，竟陷进半个身子，如果他不把手臂伸开，他的整个身子会被完全吞没。他一边尽力挣扎着一边喊："救救我……救救我……"

"挺住……挺住！"下士也喊起来。由于下士在他前面，于是便停下返回去救他，但他被狗抢先了，狗跳几步就到了可怜的阿巴斯先生的身边,阿巴斯先生只剩头和手臂露在外面,他紧紧抱住狗粗壮的脖子。

他终于从坑中出来了,全身湿透,沾了一身泥灰。

这场险遇令所有人都心有余悸。

8点多的时候,下士指着前方说:"瞧。小丘在那儿……我们终于到了!"

大家松了口气。那时夜已经深得使人对周围什么也看不见。大家全都躺了下来。下士、阿巴斯先生、两个骑兵,很快就睡下了,莱斯利先生和萨根上尉却因为有太多的操心事和担忧而睡不着。

"你认为离古莱阿有多远?"上尉问莱斯利。

"有12至15千米。"莱斯利先生回答。

"那么我们走了一半的路程了吗?"

"我想是这样!"

下士他们由于疲劳都已进入梦乡,雷声轰鸣都不能惊醒他们。莱斯利和军官对他们羡慕不已。此时的天空中虽然电闪雷鸣,微风四起,已发出嘈杂声,但没有任何暴风雨。

午夜时分,嘈杂声很快夹杂着更强的声音从远方传来。

"发生什么事了?"萨根上尉没有睡着,他警觉地从靠着的树脚下站起来。

"我也不知道,"莱斯利回答,"是远处的暴风雨吗? 不! 更像是滚动声穿过大地传过来!"

就在这时,大地突然剧烈地晃动起来——地震了!

下士、阿巴斯先生、两个骑兵很快就被地下的这些强度逐步扩大的地震弄醒了。"红桃K"汪汪叫着,冲到"泰尔"脚下好多次。当它最后一次上来时,大家发现它像从深水里出来一样,全身浸湿。"红桃K"抖抖身子,水溅到下士身上。

"怎么回事儿? 它身上全是水!"下士惊奇地说。可以想象得出,此时小丘附近肯定有一片相当深的水,可是,这个地方明明是没有水的,水从哪里来的呢?"泰尔"变成小岛了吗?

他们的心中非常焦急。不过,在暗夜里,他们哪儿都不能去,只能等待黎明的到来。此时,他们的心中是多么的不耐烦,多么的忧虑啊!

地震越来越强,以致树也不时弯下腰,就像狂风吹过要把树连根拔起一样。

直到曙光来临,似乎从遥远的东方传来的嘈杂声,不停地扰乱空间,也不时地、有规律地产生相当强的震动,"泰尔"的地基随之颤动,"泰尔"周边的水随着类似涨潮时海浪撞击岸边岩石的声音涌出来。

"这水是从地下冒出来的吗?"萨根上尉问道。

"不是,"莱斯利先生回答,"这就是海湾里的水,它已越过加贝斯,把迈勒吉尔淹没,一直把从加贝斯到杰里德的整个地区淹没了,才涌到这里来的。"

"这怎么可能呢?"萨根上尉大吃一惊。

"看来这里也迟早要被淹没……"下士喊道,"那我们只得靠游泳逃命了!"

黎明终于到来了。盐沼东边出现的一些亮光非常白,好像一张厚厚的雾幛张挂在地平线上。所有人都从树下站起来,目光盯着这个方向,只等晨曦降临。终于,太阳在天空中放射出万道霞光,迈勒吉尔就暴露在广阔的空间里。

大家看到,在它的表层,由于这盐沼湖底的沉降,有一部分已经淹在水里,而一条宽约50米的水带围绕着"泰尔"。在那边,在较多的地方,又出现一层盐霜。然后,在低洼地,在长长的、其凸起部分保持干燥的多沙平原中间,水反射着太阳的光芒。

萨根上尉和莱斯利把目光转向地平线,这时,他们全都被一个可怕的场面惊呆了:北面2千米的地方,出现了一群来自东北方向的动物,拼命地逃窜。近百只猛兽和反刍动物,狮子、羚羊、盘羊和水牛等,向杰里德以西逃命。

"那边到底出什么事了!"下士反复问。

莱斯利对这个问题也无言以对。

下午4点钟,这种罕见的动物大批逃难现象的起因,很快就真相大白了:在东边,流质层开始向盐沼表面拓展,多沙的平原立即全部被淹,但只有浅浅的一层水。盐霜逐步消失,直到目力所及的远端,形成一个大湖,映照着太阳光。

"果然是海湾之水涌入迈勒吉尔了!"萨根上尉说。

"和我估计的一样,"莱斯利回答,"今天早晨的地震导致迈勒吉尔地基下沉,而海水也顺着人们挖好的运河涌进来了!很快,海水将淹到迈勒吉尔!"

也就是说,人类尚未完成的"大海入侵"工程,最终由大自然馈赠的地震给完成了!新的撒哈拉海的广大,恐怕是在场的所有人做梦都未曾梦到的。

这可真叫"有心栽花花不开,无心插柳柳成荫"啊!

远方,东北角,突然尘土飞扬,从尘烟中闪出一队骑马的人,像飞速逃命的野兽那样逃跑。

"罗西里尼!"萨根上尉喊道。毫无疑问,他们是在逃避铺天盖地的大洪水。眼下,洪水正在向整个盐沼展开来。现在,"泰尔"是这一带最高的地区,它很可能成为海洋中的小岛,萨根他们哪儿都不能去,不管去哪里都只有死路一条。

卡琪人和罗西里尼奔跑的目标也是"泰尔"。他们距"泰尔"还有1千米。但是,水上涨得越来越快了,成了真正潮涌的激流。激浪连续不断,带着不可抗拒的力量,一下子将这近百人的队伍卷入了它的白色泡沫中。随后,这些横七竖八的骑手和马就被洪水吞没了。

黄昏时分,萨根他们只看到一些尸体被大浪卷向迈勒吉尔以西。

而水还在上涨,用不了多久,也会把"泰尔"淹没。萨根他们恐怕也难逃卡琪人的命运。

他们该怎么办?

尾声：劫后余生

他们很可能会被饿死在"泰尔"上。有烟,说明就有船,有船,就说明他们有得救的希望。大家再次陷入了绝望之中。

萨根他们在"泰尔"上度过了惊心动魄的一夜。水在这无边的黑夜里慢慢上涨着,在强劲的东风鼓动下,浪花翻滚声不绝于耳。天空中回荡着无数海鸟的鸣叫声,这些海鸟现在展翅翱翔在迈勒吉尔的海面上。

天又亮了。上涨的水并没超过"泰尔"的最高处。从前的盐沼如今变成了一片沧海,表面上干干净净。但萨根他们的处境令人心灰意冷:他们的食物马上就要吃光了,在这荒凉的小岛上,他们将无法弄到任何吃的。他们很可能会被饿死在"泰尔"上。

现在,他们只有等待,寄希望于有人来救他们。不过,这个希望是非常渺茫的。

快到下午7点半,在太阳即将隐没时,向东方眺望的阿巴斯先生用一种惊奇的语调喊道:"看啊,一缕烟……"

所有人的眼睛都转向他所指的方向。没错,那确实是一缕烟,风把它向"泰尔"吹压过来。

有烟,说明就有船,有船,就说明他们有得救的希望。所有的人都欢呼起来。

25分钟后,这条船终于在人们的期盼中显出了身影,大家已看到它的烟囱出现在地平线上,然后船体显出来——这是第一艘来往于撒哈拉海的船!

可是,他们还处在距离船东北方两千多米的地方,他们怎么才能让船上的人看见他们呢?

在这危急关头,萨根上尉急中生智,大声喊道:"把树枝点着……点火……用火光给船发信号!"

下士马上执行这一命令。顷刻,火镰打起火光,树枝落了一地,堆在树干脚下,火苗起来了,烧着了上面的树枝,发出耀眼的光亮,驱散了小岛四周的黑暗。

可是,这一堆树枝燃着的大火只持续了一个多小时,所有干木头很快就烧尽了,当最后一束光熄灭时,仍然没有轮船的踪影。

现在,漆黑的夜笼罩着小岛。时间在流逝,所有人听不到任何汽笛声、螺旋桨的轰鸣声和船桨击水声。

大家再次陷入了绝望之中。

当东方露出鱼肚白时,"红桃K"突然用力地吼叫起来。下士朝不远处一看,不禁大声叫起来:"船,船,它在那儿……它在那儿!"

果然,一艘船顶上飘扬着法国国旗的船停在那儿。

原来,昨天晚上,当这个无名小岛上燃起火焰时,船长改变了方向,绕到西南方向。但是出于谨慎,当小岛的火焰熄灭后,他在深水处抛锚过夜。

"救命——快来救救我们!"萨根上尉及其战友呼喊起来。他们很快就听到了回应的声音,那是卡托夫和中士的声音——原来,这艘船就是专门用来寻找萨根、莱斯利他们的。

几分钟后,小艇靠在小岛脚下,上尉赶忙把中尉搂在怀里,中士也被搂进丹尼尔下士的怀里,而"红桃K"则跳到它主人的脖子上。所有人全都欢呼雀跃。

"大海入侵"的故事就这样结束了。人类和大自然共同完成了一个创举——把沙漠变成大海,使它造福于人类。

气球上的五星期

异想天开的科学计划

拨给费尔久逊博士2500英镑,作为实现他计划的经费。他这次惊人的旅行的起点,将是非洲东岸的桑给巴尔岛。非洲的图景像一页巨大的地图似的铺展在我的眼前。

1862年1月14日,从滑铁卢广场三号伦敦皇家地理学会的一次学术会议上,传来一个令全英国大吃一惊的消息。这一重要消息是由皇家地理学会的主席弗朗西斯爵士传达的。内容大致如下:

"英国向来走在其他国家的前面,这完全要归功于英国的旅行家和探险家们在从事地理发现方面的大无畏精神。萨梅尔·费尔久逊博士将乘着热气球对非洲大陆进行探险。倘若尝试成功,那么,关于非洲地理的零星知识,就可以得到补充而变得更有系统了。"

并且,会议当场通过了一项决议:拨给费尔久逊博士2500英镑,作为实现他计划的经费。

第二天——1月15日,《每日电讯》发表了这样一篇文章:

"非洲无边无际的荒野的秘密就要被揭开了。一位现代的普罗米修斯——萨梅尔·费尔久逊博士将揭穿许多世纪以来没有一个科学家能揭穿的谜。他将继承勇敢的科学先驱者的事业,乘气球由东至西飞越整个非洲。据可靠消息,他这次惊人旅行的起点,将是非洲东岸的桑给巴尔岛。"

这篇文章引起了很大的反响。首先,它引起了人们的猜疑,甚至有人认为费尔久逊是个大骗子。但是,没过多久,任何怀疑都不存在了。大家知道:旅行的准备工作已经在伦敦进行了,里昂有几家工厂已经接到了一批订单,制造气球用的波纹绸,英国政府也同意了费尔久逊博士使用"决心"号运输舰,这艘运输舰的舰长是彼涅特。

这时,成千上万件预祝探险队成功的信和电报从四面八方像雪片一般飞来。不止一个胆大的冒险家去找过他,想和他同甘共苦,但是他不做任何解释,一律谢绝。有许多发明家来向费尔久逊建议用他们所发明的各种仪器来操纵他的气球,但是博士一样也没有接受。他只是一心一意地做他的旅行的准备工作。

费尔久逊博士是一位中等身材、体形匀称的中年男子,他的整个外貌都洋溢着安静与严肃。人们一看见他,就从心眼里对他充满了信任。

费尔久逊的父亲是一位船长。受父亲的影响,费尔久逊从小就参与了航海的冒险事业,对描写冒险和航海探险的书非常感兴趣。另外,从识字起,他父亲就有意识地督促他认真学习水文学、物理学、力学、植物学、医学和天文学等自然科学知识,所以他的知识非常渊博。

费尔久逊22岁时就已经完成了环球航行,有着丰富的旅行经验。他天性爱好旅行,认为有一种力量驱使他去旅行。在旅行的时候,他像一辆火车头,不是自己领着自己走,而是路领着他走。

"不是我在赶路,而是路在赶我。"他常常这样说。

费尔久逊博士有一个朋友叫狄克,他们的秉性、嗜好和脾气虽然不同,但这并没有妨碍他们的友谊。相反地,他们心心相印。

狄克是个地地道道的苏格兰人。他为人坦率、果断、固执。他的主要嗜好是打猎,他是公认的优秀的射击手:他能一枪打中刀口,使子弹被劈成相等的两半,如果称一称的话,重量一点儿也不差。

这两位朋友是在印度认识的,那时他们两人在同一个团队里服务。当狄克去猎虎、猎象的时候,费尔久逊就去采集植物和昆虫的标本。他们每人都精通自己的一行,博士找到的稀有植物,往往和他的这位爱打猎的朋友猎取到的一对象牙有同样的价值。

命运有时使他们分离,但是感情常常使他们重逢。费尔久逊最近的一次旅行回来之后,大约有两年没谈新的探险。狄克猜想,他朋友旅行的爱好和冒险的劲头冷淡下去了。他因而感到高兴,认为做这种事早晚得送掉性命,因此拼命劝费尔久逊不要再去旅行。费尔久逊听了这番劝告,一个字也不说。他还是想他的,他有他自己的打算:他通宵地查资料、做实验,很明显,他的脑海中在孕育着一个什么计划。

一天早晨,狄克终于从《每日电讯》的一篇文章得到了答案。

"我的天呀!"狄克叫道,"简直是个疯子!精神病!乘气球飞过非洲!原来这两年他是想这件事呀!不行!我要阻止他!他这个人,任他的性子,他总有一天还要到月亮上去!"

狄克又激动又愤慨,当晚便上了火车,第二天就到了伦敦。

费尔久逊见是狄克来了,并没表示特别惊讶:"你来干什么?"

"来制止一件从来没听说过的荒唐事!告诉我,你当真要进行这次旅行吗?"

"真的。一切都已经开始预备了,我……"

"准备的东西在哪儿?我要把它们摔个稀烂!"

"亲爱的狄克,冷静点吧,"博士说,"我知道你要生我的气,因为我直到今天还没把我的计划讲给你听……"

"我用不着生气……"狄克打断了他的话。

"因为我打算请你一块儿去。"费尔久逊把话说完了。

苏格兰人用可以和羚羊媲美的轻巧劲儿向后一跳,说:"费尔久逊,你是要人家把咱俩关进精神病院?"

"亲爱的狄克,我就是指望你一块儿去,我拒绝了好多人,选中了你。"

狄克一下愣住了:"你是说正经话吗?"

"完全是正经话。"

"假如我拒绝和你一起去呢?"

"那我就一个人去。"

"好吧,咱们坐下,平心静气地谈谈。"

"我亲爱的费尔久逊,"狄克先开了口,"你的计划是狂妄的,是行不通的。"

"为什么呢?"

"有各式各样的危险和困难!"

"世界上有困难就是为了叫人去克服,"费尔久逊严肃地答道,"让我们回想一下英国的一句俗语:'命中注定该吊死,一定不会去投河。'"

"那好吧,"狄克无可奈何地说,"既然你说什么也想横越整个非洲,那么你为什么不走普通的道路呢?"

"因为到现在为止,那样的做法全失败了。和自然、饥渴、疟疾、野兽等做斗争是不可能的事,尤其是对付不了野蛮的土人。这个办法既然行不通,就该另想他法。我的主意是从上面飞过去。我的气球是不会让我上当的,至于遇险,根本连想都不值得去想。只要在气球上,一切就有办法!在气球上,不怕酷暑,不怕山洪,不怕风暴,不怕沙漠热风的气候,不怕野兽,甚至不怕人!如果太热,就升高一些;如果太冷,就降低一些。遇到高山就越过去,遇到深川大河就飞过去。如果有狂风暴雨,就逃到雨云的上头去;碰见山洪,就像鸟儿一样在它上面飞行。我在没人知道的境界上空翱翔……非洲的图景像一页巨大的地图似的铺展在我的眼前……"

善良的狄克开始动摇了,他觉得他已经登上了热气球在空中摇晃着。但理智告诉他必须想尽一切方法来阻止他的朋友动身。现在,他只是表面上同意,骨子里却抱着观望的态度。

费尔久逊博士已经计划好了空中旅行的航线。他决定从桑给巴尔岛起飞,也是经过深思熟虑的:这座岛靠近非洲东海岸,在南纬6°线上,不久以前,一个到大湖区去寻找尼罗河河源的探险队就是从这里

出发的。

费尔久逊博士全身心地投入到动身前的准备工作中:他亲自指导制造气球,他改装了里面的一些东西,但没有人知道他改装的究竟是些什么东西。他早已开始学习阿拉伯语和黑人的各种方言了,他学习的进度很快。

在这期间,狄克一步也不离开他。这位苏格兰人三番五次地劝他的朋友放弃那个计划,但是,不管说什么都说服不了。特别使狄克恼火的是,博士好像一点儿也不理会他的心情,认定他命中注定了要做自己的空中旅伴。

费尔久逊有一个仆人,叫"乔"。他极奇信任费尔久逊博士,对博士无限忠诚。而且甚至不等博士开口,就已经预先领会了博士的意图。只要博士想到的都是对的,只要他说过的都是有道理的,只要他吩咐的就可以办得到,只要他想干的就能干得成,而且干成了总会使人惊讶。因此,当费尔久逊开始有飞越非洲这个念头的时候,在乔看来,这事已经成为定局了,至于障碍,那是不存在的。

事实也的确如此,在旅行的时候,聪明敏捷的乔能够帮上很大的忙。假使说,费尔久逊是头,狄克是臂,那么乔就是手。

乔陪他主人旅行过好几次,他已经学到了一些肤浅的科学知识——这些知识当然是有用的,但是他最突出的优点,是温和的品性,是乐观的精神。

乔既然对博士是那样的信任,那么,他和狄克之间必然就要时常发生没完没了的争论:一个是盲目信任,一个是顾虑重重。这么一来,博士就处在相信和怀疑之间。

日子在大家的忙碌和乔与狄克的争吵中悄然而逝。热气球终于做好了,乔找到了狄克,指着热气球对他说:"这玩意儿多漂亮呀!做工多考究呀!吊篮多诱人呀!我想,坐在里面可惬意啦!顺便告诉您,"乔补充了一句,"您知道今天就要过磅了吗?"

"过什么磅?"

"就是得把咱们三个人——博士、您和我——都称一称有多重。"

"可是,我是不让人称的。"狄克坚决地说,他在做最后的反抗。

"可是,先生,对他的气球来说,这似乎是必要的。比方说吧,如果重量计算得不对,我们就飞不上去!"

"可是,我才不去呢。"

就在这时候,费尔久逊进了他的工作室——狄克和乔正在这里谈着话。他向心里正感到不舒服的狄克看了一眼。

"狄克,"博士说,"你和乔都跟我去走一趟。我需要知道你们每一个人的体重。"

"可是……"狄克刚要开腔。

"过磅的时候,可以不脱帽子,走吧。"博士打断了他的话。

狄克像个机器人一样跟着博士走向过磅的大秤。

乘"决心"号出发

假使博士能够使用两只气球,那就更加保险了。承受着吊篮的网子是用非常结实的麻绳编的。早晨3点钟,锅炉发出"哼哼"的响声。5点钟,锚起了上来。

费尔久逊博士对这次探险的计划考虑得很周密。使他最费心机的当然是气球——这种奇妙的空中交通工具。首先,要想办法不叫气球的体积太大,他决定气球里装氢气,因为这种气体比空气轻很多。费尔久逊把他的气球做成椭球形,他认为这个形状最好,气球的横直径等于50尺,垂直直径等于75尺,球体的容积大约有90000立方尺。

假使博士能够使用两只气球,那就更加保险了。但是,要使两只气球保持相同的升力,那是非常困难的。

费尔久逊思索了很久,才想出了一个非常聪明的办法,这是在两只气球上取长补短的一个办法,他定做了两只大小不同的气球,把小的套在大的里面。大气球的尺寸就是上面所说的那样大,小气球的横直径等于45尺,垂直直径等于68尺,容积等于67000立方尺。它就在大气球里的氢气中飘浮。在两个气球之间开有活门,必要时可以使两个气球相通。万一遇到什么意外,比方说,外面的气球破了,那么小气球正好做后备。两只气球都是用涂过树胶的里昂波纹绸做的。这种上过胶的布料一点儿也不透气,而且也不怕各种酸类和气体的侵蚀。因为整个压力差不多都集中在气球的上端,所以那块地方用两层波纹绸。

承受着吊篮的网子是用非常结实的麻绳编的。吊篮的形状是方的,长宽都是15尺,它是用柳条做的,不过骨架是铁的,为了减轻降落时的冲撞,它的下部装有弹簧。

旅行应用的仪器有两只气压表、两只温度表、两个罗盘、一个六分仪、两个测时计、一个水平仪和一个测定远方物体位置的经纬仪。

格林尼治天文台自愿为费尔久逊博士效劳,下面便是全部重量的统计:

费尔久逊 …………………………………… 67.5千克

狄克 ………………………………………… 76.5千克

乔 …………………………………………… 60千克

大气球 ……………………………………… 325千克

小气球 ……………………………………… 255千克

吊篮和网子 ………………………………… 140千克

锚、各种仪器、枪、铺盖、帐篷、各种食器 …… 95千克

腊肉、干肉饼、饼干、茶叶、咖啡、白酒 …… 193千克

水 …………………………………………… 200千克

全套装备 …………………………………… 350千克

氢气的重量 ………………………………… 138千克

压仓物 ……………………………………… 100千克

共计 ………………………………………… 2000千克

2月10日,一切都差不多准备妥当了。两只套着的气球已经做好了,装满了氢气以后,都经得起强大的压力。

2月16日,"决心"号运输舰在格林尼治下了锚。为了便于放气球,"决心"号的货舱特地改装了一下。2月18日白天,人们小心翼翼地把气球运上了船,至于吊篮、网子、锚、绳子、食物、水箱(准备到桑给巴尔岛再装水)——这一切也都在费尔久逊博士亲自监督下装上了船。此外,还装了十桶硫酸、十桶废铁——这是用来制造氢气的。

这些准备工作在2月18日晚上做好了。另外,还给费尔久逊博

士和他的朋友狄克预备了两间很舒适的客舱。这个苏格兰人一面赌咒说不去，一面却上了"决心"号，他还随身带着全套猎具——两支上等的双筒后膛枪和一支爱丁堡牟尔·狄克逊工厂制造的精致的马枪。

费尔久逊博士一行在2月19日白天登上了"决心"号。费尔久逊博士一心想着他的探险，态度还是那样冷静；狄克不由自主地显得非常激动；乔蹦蹦跳跳地逗得人们发笑。

2月20日，伦敦地理学会举行了盛大的宴会欢送费尔久逊和狄克。在宴会快要结束吃果品的时候，收到女王的贺电，她向两位旅行家致敬并祝他们成功。

2月21日，早晨3点钟，锅炉发出"哼哼"的响声，5点钟，起锚了。"决心"号在涡轮的推动下向泰晤士河河口驶去。运输舰上的谈话都是以费尔久逊博士的探险为话题。

最使军官们惊讶的是博士携带的食品这样少。有一天，一位军官和费尔久逊博士谈起了这个问题。

"您觉得奇怪吗？"博士问道，"那么您估计我要旅行多久？也许您以为要好几个月吧？那您就大错特错了。您要知道，从桑给巴尔岛到塞内加尔海岸，最多只有5600千米，要是日夜不停地飞，那么我们最多7天就可以横过非洲。"

一路是顺风，"决心"号飞速向目的地前进。

4月15日早晨11点钟，运输舰"决心"号在桑给巴尔的港里抛下了锚。

桑给巴尔岛和非洲大陆只隔着一条不足50千米宽的海峡。

桑给巴尔岛上有大规模的树胶、象牙的买卖，特别是黑人的买卖，因为桑给巴尔岛是个大型的奴隶市场。打仗的时候捉到的俘虏全被运到这里来，而这些仗永远也打不完，非洲内地各部落的酋长，一年到头总是不停地你打我、我打你。

"决心"号一靠码头，桑给巴尔的英国领事就上船来了，他表示愿意为费尔久逊博士效劳。

"我本来很怀疑,"领事一面把手伸给费尔久逊,一面说,"可是现在,我的怀疑完全打消了。"

三位旅行家的行李都被送到领事家里。气球准备卸在桑给巴尔岸上。

就在气球要往下卸的时候,领事接到情报,说当地居民打算用武力来干涉这件事。再没有比迷信更盲目的了。一个基督教徒到了这里,而且还想飞上天,这个消息引起当地居民极大的愤怒。那些比阿拉伯人还要容易发火的黑人,认为这是反对他们的宗教。他们想象飞行的人要冒犯太阳和月亮。太阳和月亮都是非洲人崇拜的对象,所以他们坚决反对这亵渎神灵的探险队。

费尔久逊说:"万一出什么事,气球只要遭到什么袭击,就不可挽救了,我们也旅行不成了。所以,应当慎重!"

"再容易也没有了,"领事说,"你们瞧,港外有一些小岛,把气球随便卸在哪一个岛上,周围围上一圈水兵,这样,就绝对安全了。"

舰长也表示赞成,因此过不多时,"决心"号就开到库姆别尼岛跟前了。

4月16日早晨,气球平安无事地卸在树林中间的一片草地上。在这里竖立了两根24米高的木柱,两根木柱彼此相隔24米远。木柱上装着一套滑车,利用滑车和横拴着的绳子把两个气球吊了起来,在每一个气球的下部都装上了两根输送氢气的管子。

4月17日早晨,气球已经套上了网套,在吊篮上面气势雄伟地摇摆起来,吊篮被许多沙袋拉着。锚、绳子、仪器、铺盖、帐篷、食物、武器——一切都放在吊篮里事先预定好的地方。

晚上5点钟,一切准备工作都已完成。在工作进行的当儿,哨兵沿着小岛的整个海岸站岗,"决心"号上的筏子在海峡里来回巡逻。

这时,黑人们就念起咒语、施起魔法来了。那些自称能够指挥乌云的"唤雨大师"召请台风和石雨(黑人们这样称呼冰雹)来帮他们的忙。为了这个目的,他们采集了各式各样的树叶放在文火上煎。但

是,不管他们搞什么仪式,天空还是晴朗无云……

费尔久逊博士和他的旅伴恐怕黑人对他们有什么敌对行动,所以都留在"决心"号上过夜。

狄克走到博士跟前,拉住他的手,说:"费尔久逊,你真决定走了?"

"当然,我亲爱的狄克。"

"我一直劝你不要去,这一点,我总算尽了我的力量了。"

"尽了一切力量了!"

"这么说,我是问心无愧了,——那么我就跟你一块儿去吧。"

"我早就知道你会这样做的。"博士回答,他毫不掩饰他的激动。

4月18日早晨9点钟,三位探险家坐上气球的吊篮。博士点着了燃烧嘴,把龙头完全打开,以便达到最高的温度。过了几分钟,气球开始上升。

"朋友们!"博士脱帽站在他的两位旅伴当中,喊道,"给我们的气球起个吉利的名字吧。我们就叫它'维多利亚'号吧!"

气球的升力愈来愈大,迅速地升到空中去了。

"维多利亚"号起飞了

气球里的氢气不停地膨胀。"维多利亚"号升到了760米的高度。为了避免传染上这种病,博士只好把气球升到这块潮湿土地的瘴气上面去。

"维多利亚"号差不多直线上升了500米。在这个高度上,气流把气球向西南方送去。在航空家们的眼前,桑给巴尔岛尽收眼底,田野呈现出浓淡不一的色调,树丛和森林像是一团团的大树球。岛上的居民变得像虫子一样大小了。

太阳的热力加强了燃烧嘴的作用,气球里的氢气不停地膨胀。"维多利亚"号升到了760米的高度。从这里看西边的非洲海岸就好像一长条冒着泡沫的花边。

"维多利亚"号用约八英里每小时的速度飞行了两个钟头以后,已经到了非洲大陆的上空。博士减小了燃烧嘴的火力,于是"维多利亚"号离地只有91米高了。

现在,"维多利亚"号从一个村庄旁边飞过。黑人们一看见气球,便发出愤怒和恐怖的喊声。他们向这空中怪物放箭,还好,他们射不到气球。气球照常大模大样地在这些无能为力的黑人头上摇摆着。

风往南方吹了。狄克和乔兴高采烈地交谈着。

"咱们该吃早饭了吧?"乔突然问道,清新的空气使他的胃口好起来。

"好主意,我亲爱的。"费尔久逊同意道。

"早饭马上就好,饼干和罐头肉。"乔说。

"爱喝多少咖啡,就可以喝多少咖啡。"博士加了一句。

中午,博士看看地图,估计他们现在是在乌札拉莫国的上空。底下出现了椰子树和木瓜树。

狄克看见许多野兔和鹌鹑。过了不久,他们到了东经38°20′同达村的上空。在这个地区,经常流行疟疾。为了避免传染上这种病,博士只好把气球升到这块潮湿土地的瘴气上方。

黑人们一看见"维多利亚"号,总是惊慌失措地东奔西窜。狄克很想飞低一些看看他们,但是费尔久逊坚决反对这样做。

"那些酋长都有火枪,"博士解释道,"我们的气球正好成为他们的枪靶子。"

"好吧。"狄克同意了。

"多美的树木呀!"乔欢呼道,"树木本来不是什么稀奇的东西,可是这儿的实在太妙了。十来棵树就够成为一个大树林子。"

8点钟,气球飞过了杜徒米山,开始在那一面坡度较大的山坡上往下降。锚从吊篮里扔了出来,一只锚牢牢勾住了一棵高大的枫树。这时,乔便顺着绳索滑了下去,把勾着树枝的锚绑牢。吊篮里给他放下绳梯,他又敏捷地爬上吊篮。"维多利亚"号有山为它挡住东风,停在那里差不多一动也不动。

晚饭已经准备好了,这三位旅行家在空中旅行兴致特别好,一下子把带来的食物吃掉许多。

"今天,我们飞了多少英里?"狄克问。

博士在地图上做了记号,他发现一天的工夫,他们向西飞了大约192千米,也就是前进了两度。

三位航空家决定在夜里分三班轮流值班:博士从晚上9点钟起,狄克从半夜12点起,乔从早上3点钟起。

一夜安宁无事。第二天早上,狄克一醒来就唉声叹气,说他感到很累,而且浑身冷得发抖。天气变了,似乎就要下大雨了。他们现在呆的这个地方——钟戈梅罗国——是个凄凉的地方,除了正月里有两个星期左右是晴天外,一年到头不断地下雨。

不一会儿,倾盆大雨直向这三位旅行家冲来。

"这是个叫人讨厌的地方,"乔说,"瞧,狄克先生在这儿过了一夜,好像就不大舒服了。"

"真的,"狄克说,"我发疟疾了。"

"一点儿也不奇怪,亲爱的狄克,"博士回答,"不过我们在这里是不会待很久的。好啦,我们动身吧!"

不一会儿,"维多利亚"号又重新在大风的吹送下向前飞行。

地上的景致不断变换着。狄克看样子很难受:疟疾在折磨着他强壮的身体。

"亲爱的狄克,忍耐点吧!"费尔久逊说,"过一会儿,你的病就会好了。我给你一种分文不花的解热剂。我们现在升到袭击我们的雨云上面去,离开这种有害的空气。你就可以体会到新鲜空气和太阳的效力了。"

"这药真不坏!简直是奇迹哟!"乔说。

"维多利亚"号扶摇直上,很快就突破了密布的乌云,升到1200米高的高空。

这当儿,在吊篮底下密布着的乌云,构成一幅奇观。它们翻来滚去,终于消失在灿烂的阳光里,3个钟头以后,博士的预言就实现了。狄克不再发寒发热,而且早饭也吃得很有味。

遭遇狒狒

散布在山丘上的黑人都无可奈何地用他们的武器来威胁气球。到处可以看到骆驼队的踪迹——一堆堆已经开始剥蚀并且和尘土混在一起的白骨。这是一群凶狠的狒狒,它们的嘴像狗嘴一样。

早晨10点钟左右,雨过天晴了。费尔久逊博士开始寻找把气球送往东北方去的气流。他终于在离地面1800米高的地方找到了这种气流。

11点钟左右,"维多利亚"号飞过依门谢流域。散布在山丘上的黑人都无可奈何地用他们的武器来威胁气球。气球终于到了鲁别霍山前的山岳地带。这是乌萨加拉山的第三个,也是最高的一个支脉。

"注意!"费尔久逊说,"我们就要到鲁别霍山了。'鲁别霍',当地话的意思就是'风的道路'。我们最好绕过那些相当高的尖峰。"

在1800米高的地方,空气非常稀薄,声音传播起来比较困难,谈话也听不清楚。底下的东西变得模模糊糊。看到的只是一堆堆模糊的东西,人和动物都完全认不出来了,道路像条细线,湖泊像个池塘。

博士和他的两位旅伴都觉得自己精神不太正常。强大的气流带着他们飞过连绵不断的荒山,山顶上覆盖着厚厚的积雪。

太阳正在当头,光芒直射在荒野的山峰上。博士把这群山的地势精确地画了下来。这群山由四条山岭构成,这四条山岭差不多处在一条直线上,其中北边的一条最长。

过了不多时,"维多利亚"号沿着树木苍翠的山腰,在鲁别霍山另一面山坡的上空开始下降。

博士只把燃烧嘴的火头弄小了一些,还让"维多利亚"号保持一定的升力,浮在空中。

"现在,亲爱的狄克,拿两支枪出来吧,"费尔久逊说,"你一支,乔一支,你们去想法弄几块羚羊肉来当午饭。我在这上面注意着周围的情况:万一发生什么意外,我就用马枪放一枪作为咱们集合的信号。"

"好吧。"狄克回答。

一片黏土质的不毛之地,被太阳晒得裂缝条条,显得分外荒凉。到处可以看到骆驼队的踪迹——一堆堆已经开始剥蚀并且和尘土混在一起的白骨(有人的,也有牲口的)。

狄克和乔走了半个钟头以后,钻进橡胶树林。十来只羚羊正在一个水洼旁喝水。

狄克绕过树丛,到了枪弹能达得到的地方,放了一枪。

一只公羚羊的前腿被打中,倒在地上。

"这一枪打得真妙!"狄克欢呼道。

"狄克先生,现在就请你随便找三块石头搭个炉灶,并且拾些枯柴来吧!再过几分钟,我就需要您烧红的木炭了。"

"没问题。"狄克说着就去搭炉灶。过了几分钟,炉灶里已经冒出了熊熊的火焰。

乔从羚羊身上割下十来块排骨,然后又割了几块最嫩的里脊,这些肉等一会儿就变成非常好吃的烤肉啦!

这时,传来了一声枪响。

"唔哟!"乔失声喊道。

"这么说,是信号。"

"看来我们有危险了。"

"说不定是他有危险了。"乔担心地说。

"咱们走吧……"

两个猎人急忙收拾起他们的猎获物,依照狄克在树上做的记号,摸着原路往回跑。

密密的树林挡着他们的视线,看不到"维多利亚"号,却传来了第二声枪响。

"出了什么事啦?"狄克问。

"我的天呀!"乔叫道。

"你看见什么了?"

"看,一群黑人把气球包围起来了!"

在两英里外的地方,有三十来个怪物在那棵大枫树底下指手画脚,叫叫嚷嚷地挤成一团。有几个已经上了树,正向树顶上爬。

危险就在眼前。

"博士的性命难保了!"乔叫道。

他们以惊人的速度跑了一英里,这时,从吊篮里又放了一枪。这一枪正打中一个已经爬上锚索的怪物。

这是一群凶狠的狒狒,它们的嘴像狗嘴一样,看起来很可怕。这几枪立刻见效,这群愁眉苦脸的怪物被打得东逃西散。

过了一会儿,狄克已经攀着绳梯,乔已经骑在枫树上解锚。又过了一会儿,气球降低了一些,乔已经在吊篮里和他的朋友们坐在一起了。

几分钟后,"维多利亚"号升到空中去了。

"好一场袭击!"乔说。

"费尔久逊,起初我们还以为你被黑人包围了呢。"狄克补充了一句。

"不管怎样,猴子的袭击也可能造成严重的后果。假使它们拼命拉锚,把锚拉开了,谁知道风会把我吹到哪儿去!"

"到目前为止,一切都相当顺利。"乔说。

"简直可以说,非常。"狄克更正道。

"好,狄克先生,您说实话,您还后悔和我们一起来吗?"

"我倒想看看谁拦得住我,不让我来!"狄克坚决地答道。

"月亮女神"的三个儿子

为了安全起见,他使气球升高了300米左右。出现了一块形状像乌龟、圆周有两英里的大石头。当"维多利亚"号在空中出现的时候,这种混乱喧嚣的景象突然停止了。

7点钟左右,"维多利亚"号已经在卡涅梅地区的上空飞翔了。

博士在不同的高度寻找着气流,但是都白费力气。他看到大自然这样宁静,便决定在空中过夜。为了安全起见,他使气球升高了300米左右。"维多利亚"号一动不动地悬挂着。美好的星夜悄悄地来临了。

随着黑夜的降临,动物界的音乐晚会也开始了,它们都被饥渴从巢穴里赶了出来。蛤蟆唱着高音,狼狗在旁边和着,狮子的庄严的大提琴声更为那动人的乐队增色不少。

早上,费尔久逊博士接班的时候,看了看罗盘,发觉风向在夜里变了。这两个钟头,"维多利亚"号已经向东北飞了50千米。现在,它正在马彭古鲁国的上空。

树木很少,只有东面才有茂密的森林,森林中隐藏着几座村落。

早晨7点钟左右,出现了一块形状像乌龟、圆周有两英里的大石头。费尔久逊说:"瞧,那就是依乌叶拉姆科阿。我们要在那里停留几分钟,我想给加热箱上水。"

地图上记载着在依乌叶拉姆科阿的西坡上有许多大池沼。于是乔就提了一口能容十加仑水的小桶,一个人去那里汲水。

一路上，除去捕象的陷阱以外，他没看到其他什么特别的东西，他险些儿掉进一个陷阱，在那个陷阱里还躺着一具已经腐烂的大象的骨骼。

水很容易就装上了，"维多利亚"号又开始了它的空中旅程。

下午2点钟左右，"维多利亚"号已经在距离海岸560千米的卡结赫城市的上空飞翔了。

卡结赫虽然是非洲中部的重镇，但实际上并不是个城市。应该说，在非洲中部，根本就没有城市。卡结赫总共包括六个大凹地。这里散布着奴隶住的小屋和草房，乌尼雅姆维济——月亮国最好的一部分，可以说是非洲美丽肥沃的大花园。乌尼雅涅比在乌尼雅姆维济的中心，这是一个好地方，这里住着一些纯阿拉伯血统的阿曼人。这些人自古以来就在非洲中部和阿拉伯做生意。他们买卖树胶、象牙、印花布和奴隶。

卡结赫是骆驼队碰头的地方。有的骆驼队从南方带来奴隶和象牙，有的骆驼队从西方带来棉花和玻璃器皿。

市场里经常是乱哄哄的。这里，乱糟糟地摆着各种出售的商品：颜色鲜艳的布匹、珍珠、象牙、犀牛牙、鲨鱼牙、蜂蜜、烟草、棉花，应有尽有。这里买卖的习惯很特别，一件东西的价钱，完全是根据买主对那件东西的兴趣来决定的。

当"维多利亚"号在空中出现的时候，这种混乱喧嚣的景象突然停止了。"维多利亚"号庄严地在空中飞着，而且几乎是垂直地慢慢下降。一转眼的工夫，黑人们都不见了，他们都逃回家里去了。

"现在，我们大可以在这里干一趟很简单的买卖，"乔说道，"我们放心大胆地落下去，理也不理那些商人，拿走他们最值钱的货物！这样，我们就能一下子发财了！"

"咳，可没这么简单，"博士反驳道，"他们虽然都吓跑了，可是由于迷信或者好奇，他们很快就会回来的。"

"维多利亚"号不知不觉已经接近了地面，一只锚钩住了市场附近的一棵大树。这时,居民们小心翼翼地伸出头来,接着,一个个从草房里走出来。有几个"万冈加"——当地的巫师,大胆地在前面走着。巫师的身边,渐渐地聚集了一群女人和小孩。鼓儿像竞赛似的敲得"咚咚"地响。他们拍起了巴掌,接着又把手伸向天空。

"这是他们祷告的形式,"博士说道,"假使我没估计错的话,我们将要在这里演一出好戏呢!"

一个巫师做了一个手势,四周顿时静得鸦雀无声。巫师向这三位旅行家说了几句不知哪一国的话。

费尔久逊博士一个字也没听懂,他说了几句阿拉伯话来碰碰运气,马上他得到了阿拉伯话的回答。博士明白了,原来"维多利亚"号不折不扣地被他们当作"月亮"了,这位可敬的女神能带着她的三个儿子到这个城里来,对这太阳宠爱的国土来说,是永远忘不了的光荣。

博士神气十足地告诉巫师说,月亮女神每隔一千年,就要巡视一下她的领土,他请大家不要拘束,趁女神降临的机会尽量反映自己的要求和愿望。

巫师回答说,苏丹已经病了几年,需要上苍的保佑,因此他邀请月亮的儿子们到苏丹那儿去一次。

费尔久逊就向人群宣布道:"月亮女神怜悯乌尼雅姆维济的儿女们所崇敬的国王,派我们来给他治病。叫他准备迎接我们吧。"

"朋友们,"费尔久逊说,"现在我们要防备万一。必要的时候,我们得赶快飞走。所以,狄克,你留在吊篮里,照顾燃烧嘴的火头,使气球保持足够的升力。我就要下去了,乔陪我下去以后就留在绳梯下面等我。"

博士提着旅行药箱,跟在乔的身后下了地。他在音乐声中随着宗教仪仗队向离城相当远的"天比"——苏丹宫慢慢走去。

过了一会儿,迎面走来一个翩翩少年欢迎费尔久逊,这是苏丹王的私生子,按照此地的风俗,除了合法的子女,他就是他父亲全部财产的唯一继承人。少年匍匐拜倒在"月亮之子"的面前,于是"月亮之子"用亲切的动作把他扶了起来。

在繁茂的热带植物中间绿荫如盖的小径上走了三刻钟以后,这个兴高采烈的行列终于到了苏丹宫。这苏丹宫矗立在山坡上,是一所叫作"依第台尼亚"的四方形建筑物。宫墙上嵌着一排用红色黏土做的人形和蛇形的浮雕。

苏丹的卫兵和宠臣们毕恭毕敬地把费尔久逊博士迎了进去。

苏丹的一群老婆在"乌巴土"(一种用铜锅底做的锣)的"当当"声和"吉林多"(一种挖空树干做成的鼓,有五尺高,由两个鼓手轮流用拳头敲)的"咚咚"声中走出来欢迎费尔久逊博士。其中有六个女人木然站在一边,等待着可怕的苦难,但是一点没现出忧愁的样子。假使苏丹死了,这六个女人将被活埋在她们丈夫尸体的旁边,供她们的丈夫在九泉之下取乐。

费尔久逊走到苏丹的木榻前面。这人四十来岁,由于酗酒和荒淫无度的生活,已经完全变成了白痴,要想把他治好,当然是不可能的了。这个醉鬼差不多都没有知觉了。

博士往苏丹的嘴里滴了几滴强烈的兴奋剂,使这个没有知觉的身躯复活了几分钟。苏丹轻轻地动了一下,这一动,立刻引起了向医疗者致敬的一片欢呼声。

费尔久逊觉得他能做的已经做到了,于是他毫不迟疑地推开那些善男信女,走出王宫,向"维多利亚"号走去。

乔一直静坐在绳梯下面等待着博士。费尔久逊在纷乱嘈杂的人群中匆匆地走回来。巫师和酋长们好像都非常气愤,围着博士,在挤他,威胁他⋯⋯

"坏了,变了卦了!出了什么事?苏丹是不是在这神医手里咽了气?"在狄克的脑海里闪过了这样一个念头。

费尔久逊已经走到绳梯下边了。

"一分钟也不能耽误,"费尔久逊向他说道,"你不用解锚了!我们等会儿把锚索砍断。快跟我来!"

"出了什么事?"狄克准备好了马枪,追问道。

"你们看!"博士指指地平线,答道,"月亮!"

又红又大的月亮像个火球似的升到蔚蓝色的天空上来了。当然,这是真月亮。这便是说:世界上有两个月亮,要不然,那些陌生人便是骗子、阴谋家、假神仙……

那些非洲人大声叫嚣起来,箭呀、枪呀,都对着"维多利亚"号。

一个巫师爬上树,想抓住锚索把气球拉到地上来。他竟然把锚解了下来。这时气球获得了自由,猛地升了上去,把锚连巫师一起带走了。

"怎么样,我们要不要把这黑人扔下去?"乔问道。

"嘘!"博士回答,"我们要让他安全着陆。"

"维多利亚"号已经离地几乎有300米高了。黑人拼命拉住锚索。他又是害怕,又是惊讶。

半个钟头以后,博士看到下面是一片荒凉,便减少了燃烧嘴的火焰使气球往下降。在离地6米高时,黑人便拿定主意,跳了下去。

"维多利亚"号丢了额外的负担,又重新升上去了。

这时,北方的天空密布着杀气腾腾的乌云。看样子暴风雨就要到来了。

雷雨交加的夜晚

稠密的空气似乎透不过一点声音,整个大自然呈现出一片大难来临之前的景象。闪电贴着气球的圆周画着喷火的切线。下面是狂风骤雨,上面是恬静的星空。

太阳突破了乌云,坦加那依卡湖一条最大的支流马拉加萨里河在绿荫下面蜿蜒曲折。它容纳着无数的水流,三位航空家觉得那地方的整个西部好像是一个瀑布网。

在茂盛的草原上,一群骆驼埋藏在深草里吃草。森林里隐藏着躲避白天酷暑的狮子、豹、鬣狗、虎。有时,一只大象出来了。小树梢马上被碰得摇摇晃晃,接着便传来树木在象牙下面折断的声音。

"这才是打猎的好地方呢!"狄克兴高采烈地喊道。

"你瞧!"狄克喊,"瞧瞧这些正从池塘里往外爬的河马吧……这简直是一堆堆血红的肉……再瞧瞧那些鳄鱼……它们吸空气吸得多么响呀!"

"它们好像喘不过气来似的,"乔说道,"你们看,那一大群野兽正紧紧地挤在一起跑呢!足有200只!我想,大概是狼。"

"不是狼,乔,是一群野狗。这种野兽,胆子很大,它们甚至敢向狮子进攻。一个旅行家碰见它们,那算是最倒霉的了,他马上会被撕成碎块。"

由于暴风雨就要到来,周围慢慢地宁静下来。稠密的空气似乎透不过一点声音,整个大自然呈现出一片大难来临之前的景象。

晚上9点钟,"维多利亚"号一动也不动地悬在姆先涅区的上空。

"我的朋友们,你们把吃的东西收好就去睡吧。假如需要,我会叫醒你们。要是情况没有变化的话,明天我们还是在原地。"

"先生,晚安。"

"晚安,但愿如此!"

狄克和乔钻进被子睡下了,博士还留在他的岗位上。

头顶上的乌云渐渐地降低了,突然,一道耀眼的、惊人的闪光冲破了黑暗,在天空划开一条裂口,接着一声霹雳震得地动山摇。

"快起来!"费尔久逊大声喊。

睡得正熟的两位旅行家马上就跳起身来。

"气球在下面是吃不消的。我们得升上去。"费尔久逊一面说话,一面加强了燃烧嘴的火力。

热带雷雨爆发的速度,和它的力量同等惊人。像冰雹一样夹在大雨点里的电火花,在天幕上画出了许多道五光十色的斑纹。

天空简直成了火海,雷声连成了一片。在这纷乱的大气中,风也趁机逗起凶来,它旋卷着炽热的乌云,就像一架巨大的风扇,吹得这场大火愈烧愈旺。

费尔久逊使暖气箱保持最高的温度。狄克跑在吊篮中间拉住帐篷。气球旋转着、摇晃着,把这三位飞行家弄得头昏眼花。在气球的外壳里形成了许多空隙,风径直往里钻,波纹绸在风的压力下啪啪作响。冰雹带着嘈杂的响声,劈开空气,敲打着"维多利亚"号。

尽管这样,"维多得亚"号还是在继续上升。闪电贴着气球的圆周画着喷火的切线。"维多利亚"号被包围在火海当中了。

"我们只好靠上帝保佑了。我们在他的手里。"费尔久逊说。

过了一刻钟,"维多利亚"号终于飞出了有雷雨的云层。

这是大自然献给人类的一幕美景。下面是狂风骤雨,上面是恬静的星空——一轮明月正以它温柔的光芒照射着狂怒的乌云……这时是晚上11点钟。

"谢天谢地,危险已经过去了,"博士说,"我们只要保持这个高度就行了!"

大象拖着气球跑

这条山脉简直是一道阻挠探险家深入非洲内地的不可逾越的屏障。情况变得十分危急了:紧紧地拴在吊篮上的锚索,既无法解开,又不能用刀子割断。

第二天早上6点钟左右,太阳冒出了地平线。乌云四散,暖风吹拂。三位旅行家的眼前又呈现出一片发散着清香的大地。"维多利亚"号一直在相反的气流之间转来转去,几乎没有离开那个老地方。博士使气球里的氢气收缩,气球降低了一些。他想寻找北去的气流,却没找到。风总是把气球往西吹送。现在,在浅蓝色的地平线上出现了一排高低起伏的山峦,这就是那环抱着半个坦葛尼喀湖的月亮山。这条山脉简直是一道阻挠探险家深入非洲内地的不可逾越的屏障。有些山峰上积着终年不化的白雪。

"我们现在是在一个从来没人来过的地方。"博士说。

"怎么样,费尔久逊,我们是不是要飞过月亮山?"狄克很感兴趣地问道。

"我不想这样做。我希望能找到顺风,再把我们向赤道那边送去。"

"维多利亚"号试飞了几种高度以后,终于以平常的速度向西北飞去了。

"我们的方向很正确,"费尔久逊看了看罗盘说,"而且我们离地面只有600米。我们正好考察一下这个尚且不知名的地方。"

"我们要是这么飞,得飞很久吗?"狄克问道。

"大概得飞很久。我们的目的是要飞到尼罗河的源头。"

"这么说,我们不着陆了?要是能活动活动腿脚,那多好!"乔说。

"要着陆。再说,我们也该再弄些食物。"博士答道。

"亲爱的狄克,你最好供应我们一些新鲜肉类。"

"我们还得装满我们的水箱。"费尔久逊博士补充道。

中午,"维多利亚"号到了东经29°12′、南纬3°15′的地方。在赤道附近居住的部落,看样子比较开化,每一个部落有一个独揽大权的土皇帝。人口最稠密的地区是卡拉格瓦省。

三位旅行家商量好,决定一有机会就立刻降落。

他们把燃烧嘴的火头弄小,锚从吊篮里扔了出去,一会儿就掠过一望无际的草原上的高草。"维多利亚"号在草上轻轻掠过,就像是一只巨大的蝴蝶。有时候,成群美丽的鸟儿发出悦耳的歌声,从草丛中飞出来。锚在鲜花的大海中沐浴着,像帆船在浪涛上留下的痕迹一样画出一道浅沟。

突然,气球猛地颠簸了一下,大概是锚钩住了草丛里的石头。

"钩住了!"乔叫道。

"妙极了!放下绳梯吧!"猎人喊道。

这句话还没说完,半空中传来了一阵尖锐的叫声,三位旅行家不由得失声惊叫起来。

"咳!咱们还在向前动哩!"

"这么说,锚索断了!"

"没有呀!锚还钩着呐。"乔拉了拉锚索说。

"这是怎么回事?难道石头会走吗?"

草里的确是有什么东西在移动。过了一会儿,草里钻出一个弯弯曲曲、又大又长的玩意儿。

"蛇!"乔叫道。

"不对,这是象鼻子。"博士反驳道。

"费尔久逊,真的是象吗?"狄克端起了马枪。

"别忙,狄克,别忙。"

"真的!这只象在拖着我们走哩!"

象走得相当快,不一会儿,到了一块空地上,已可以看到大象的整个身躯了。根据它的高度,博士看出这是一头优种的公象。它那弯得非常好看的两颗白色的尖牙,至少有 2 米长。锚正好牢牢地卡在这一对长牙之间。

大象想用长鼻子拉断拴在吊篮上的锚索,但完全是白费力气。

"不过,它把我们往哪儿拉呀?"狄克一面晃了晃他的马枪,一面说道。

"亲爱的狄克,它想把我们往我们要去的地方拉。再忍耐一会儿吧。"费尔久逊安慰他的朋友。

大象拖着气球已经跑了一个钟头,还没显出一点疲乏的样子。这种巨大的厚皮动物跑得很快,它们的体重以及行动的速度和鲸差不多,它们一昼夜能跑很远的路。

这时,地面上的情况变了,在草原北面大约 5 千米的地方出现了一片密密的树林。现在必须让气球和它的司机分手了。

狄克端起了马枪,第一枪打在大象的脑袋上,好像打在钢板上似的滑过去了,大象丝毫也不在乎,只是听到枪声以后,像跑马一样跑得更快了。

"好结实的脑袋!"乔说。

"现在,我们试试,朝它打几粒圆锥形的子弹。"狄克一面说,一面细心地装弹药,接着开了一枪。

象怒吼起来,跑得更快了。

"狄克先生,我看,我得给您帮点忙了。"乔说着抓起枪来,两粒子弹打中了大象的两肋。大象摇晃着它那巨大的脑袋,鲜血从伤口像泉涌似的流了出来。

又放了十来枪。大象拼命地蹿了一下。吊篮和气球噼里啪啦地

大海入侵

乱响了一阵,简直像要散了似的。

情况变得十分危急了:紧紧地拴在吊篮上的锚索,既无法解开,又不能用刀子割断,而"维多利亚"号已经到了树林跟前。突然,在大象仰头的那一刹那,一粒子弹打中了它的眼睛。它站住,身子摇了几下,跪倒在地上,发出了垂死的哀号,它把身子挺起来站了一会儿,甩了甩鼻子,之后就轰隆一声倒下去,死了。

乔检查了一下锚,锚牢牢地卡在一根象牙上。

"好一只大象!"狄克赞叹道,"我在印度也从来没看见过这么大的象。"

"亲爱的狄克,非洲中部的象是世界上最大的象。在赤道附近我们会经常遇到象群的。"

费尔久逊细心地检查了气球,看来它一点儿也没有受到暴风骤雨的摧残。波纹绸和涂在气囊外面的树胶都出乎意料地经得住考验。

博士检查过气球,整理了他的笔记。过了两个钟头,狄克带了一捆肥鹧鸪和一只羚羊腿回来了。乔又去动手给他们的筵席添了几道菜。

"开饭了!"

三位旅行家就在绿色的草地上坐了下来。

狄克吃得多、喝得多,说得也多。他已经带了几分醉意,但仍然一本正经地向他的朋友费尔久逊博士建议就在这森林里住下来,用树枝搭个棚子过那非洲鲁滨孙的生活。

博士决定在地上过夜。乔用篝火堆在地上排成了一个大火圈,这是防御猛兽的一道不可逾越的屏障。

这一夜平安无事。

飞越尼罗河

"维多利亚"号飘摇不定地左右摇摆了几分钟,之后就一直向北飞去。黑人们显然非常激愤,而且怀着极大的敌意。他在荆棘丛里搜索了好久。

第二天早晨,三位航空家从 5 点钟起就开始继续飞行。"维多利亚"号摆脱了羁绊,马上就以 29 千米每小时的速度向东北方飞去了。

当"维多利亚"号到了卡福罗——一个出色的商业中心区上空的时候,乌克列维湖终于在地平线上出现了。

"维多利亚"号不停地向湖的北部飞行,荆棘丛生的湖岸被乌云般的黄蚊子遮盖得几乎看不见了。这里不能住人,所以也没有人住,只有成群的河马不是躺在高大的芦苇里,就是浮在清澈的湖水中。

晚上 6 点钟,"维多利亚"号停在东经 32°52′、南纬 0°30′,离岸 32 千米的一个不大的荒岛上。

这里,和湖岸上一样,飞舞着密密麻麻的大蚊子。

4 月 23 日,星期三,早晨 4 点钟,"维多利亚"号起了锚。

天还没有大亮。黑夜依依不舍地离开了浓雾笼罩着的湖面。但是没多久,大风就把雾驱散了。"维多利亚"号飘摇不定地左右摇摆了几分钟,之后就一直向北飞去。

费尔久逊乐得直鼓掌。

"我们走的路线很对!"他喊道,"也许我们今天就会看见尼罗河,也许我们永远也看不见!朋友们,我们现在正在赤道上,马上就要到我们的北半球了!"

"噢,先生,这么说,下面就是赤道了?"乔问道。

"正是在这里,亲爱的。"

"那么,先生,我认为赶紧用水浇一浇它才好哩!"

"好呀,去拿杯酒来!"博士笑着说,"乔,你研究宇宙学的方法一点不差。"

在"维多利亚"号上,就这样举行了跨越赤道的仪式。

早上9点钟左右,气球飞近了树木成林、没有人烟的西岸。风开始把气球向偏东的方向吹送,湖的对岸已经可以看见了。河岸弯了过去,以至于在北纬2°40′的地方形成一个角度很大的拐角。在湖的尽头,高山上显露出无数陡峭的山峰。在那些高山之间,有一条曲折幽深的山峡,山峡里流着翻腾的河水。

费尔久逊一面驾驶着气球,一面目不转睛地看下面。

"看呀,朋友们,看呀!"他突然喊道,"阿拉伯人的传说是正确的!他们说有一条河是乌克列维湖向北流的支流。现在,这条河就在你们面前!我们正在这条河的上面飞行。这就是尼罗河!"

"这是尼罗河!"狄克重复道,他也跟着他的朋友兴奋起来。

"尼罗河万岁!"乔喊道,他一高兴,就不由自主地欢呼起来。

"这的确是尼罗河。"博士深信不疑地重复道,"这条河的名字的来源,就和这条河的发源地一样引起了许多学者们的兴趣。'尼罗'这个词,有人说是来自希腊文,有人说是来自柯普特文,又有人说是来自梵文,不过这毕竟都无关紧要,反正这条尼罗河已经把它的发源地向我们公开了。"

黑人们显然非常激愤,而且怀着极大的敌意。看起来他们丝毫没有把这三位旅行家当作神,而是把他们当作外国人,因此,"维多利亚"号只好在土枪射程以外的空中飞行。

"在这里着陆恐怕很困难。"狄克说。

"不过,不管怎么样,我们也得着陆,就是停一刻钟也好,"费尔久

逊说,"否则的话,就不能看到我们这次探险的成绩了。"

"这有必要吗?"

"完全有必要,即使动用武器,我们也得着陆。"

"一句话,先生,您说什么时候降落,就什么时候降落。"乔一面说,一面做战斗的准备。

"维多利亚"号保持30米左右的高度沿着河床向前飞行。这地方,尼罗河的宽度最多只有100多米。两岸村庄里的黑人在乱哄哄地骚动着。在北纬2°的地方,河水形成一片水头冒起3米多高的瀑布,河面变宽了。费尔久逊贪婪地看着那些分布在河里的岛屿。他好像是在寻找他那还没有找到的目标。

他拿起望远镜,对着河中心的小岛望去……

"四棵树!"他嚷道,"你们瞧,唔,就在那儿。"

"这是本嘉岛。对,正是它!"博士又补充了一句。

"唔,怎么样?"狄克问道。

"我们顺从上帝的意思,就在这里降落。"

"可是,那岛上好像有人,博士。"

"乔,你说得对,如果我没有看错,那儿有一群黑人,约有20来个。"

"我们把他们赶走,这并不太难。"费尔久逊回答。

"维多利亚"号向小岛上降落的时候,太阳正当顶。

那些黑人(属于马加多族)拼命地叫起来。其中有一个挥动着树皮做的帽子。狄克瞄准那顶帽子砰的一枪,帽子被打碎了。

这一来,那群黑人慌乱得不得了,纷纷跳进河里泅到对岸去。马上,从那里飞来了冰雹般的枪弹和雨点般的箭,但是一点也打不着用锚钩住岩石缝的"维多利亚"号。

博士领着他的朋友往岛顶头高耸着岩石丛的那边走去。到了那里,他在荆棘丛里搜索了好久,突然,他一把抓住猎人的肩膀。"你瞧!"他说道。

"有字!"狄克喊道。

岩石上清清楚楚地刻着"A"和"D"两个字母。

"'A''D'是安德烈阿·德波诺的亲手签字。这位探险家沿着尼罗河走得比任何人都远。"博士说明道,"这是尼罗河,我们不可能怀疑了。"

吃人的人

为了避免撞在罗格维克山的高峰上,不得不寻找斜一点的气流。腐烂的死尸,陷在灰土里的骷髅,零零落落的肢体,都成了野狗和金狼的食物。

"维多利亚"号离尼罗河愈来愈远了。

"哎,现在让我们再向这一带地方看最后一眼吧,这儿是最勇敢的旅行家都没有能越过的界线呀!"费尔久逊说。

这时,风开始把"维多利亚"号往西北方吹送。为了避免撞在罗格维克山的高峰上,不得不寻找斜一点的气流。

"朋友们,"费尔久逊向他的两个旅伴说,"实际上,我们横越非洲的飞行现在才刚刚开始。到现在为止,我们差不多还是沿着先前的探险家们的足迹走的,从此,我们要进入从没有人去过的地方了。有足够的勇气吗?"

"当然有!"狄克和乔不约而同地喊道。

"好,前进吧——但愿老天保佑我们!"

这三位旅行家飞过了许多山谷、森林和疏疏落落的村庄,晚上10点钟到了发抖山的山腰,他们沿着险峻的斜坡飞行。

他们现在经过的那个区域非常广阔,它几乎有欧洲那么大,月亮山和达尔福山矗立在它的边界上。

"我们现在飞过的地方,据说是乌索加王国。"博士说,"有些地理学家认为在非洲中心有一个很大的凹地,凹地上有一个大湖。我们来看看他们说的对不对。"

"可是他们根据什么做这样的假设呢?"狄克问。

"是根据阿拉伯人的传说。阿拉伯人非常会编故事,甚至还会无中生有。但是不管怎么说,这里面总有些真实的东西。而且,我们知道,关于尼罗河河源的假设是正确的。"费尔久逊解释道。

"是的,再正确也没有了。"狄克回答。

"这地区有人住吗?"乔问。

"当然有人住,而且住的都是些不招人喜欢的人。"博士回答。

"先生,您这话是什么意思?"乔又问。

"就是说,人们把这些黑人都看成是吃人的人。"

"这话可靠吗?"

"十分可靠。以前人们还以为他们像四条腿的动物一样,还长着一条尾巴,后来才发现那尾巴是他们身上披的兽皮上的。"

"可惜他们没有尾巴,要不,用尾巴来赶蚊子多方便。"乔说。

"也许挺方便,不过这应该说是无稽之谈,就像旅行家布略恩·罗列说他看见有些部落的人长着狗头一样。"博士继续说,"这些部落的人非常残忍,而且很爱吃人肉,他们心里惦记着的就是人肉。"

第二天早上刮起了很大的季节风。风直往气球下面的凹部灌,而且猛烈地摇撼着往气球里插氢气管子的附属零件。他们不得不用绳子把管子拴紧。乔非常敏捷地完成了这个任务。他拴的时候,看出气球还是和原来一样不漏气。

"这对我们非常重要,"费尔久逊说,"首先我们要避免损失宝贵的氢气。其次,我们不要在周围留下容易着火的东西。否则,一引起火灾,我们就完了!"

"但愿我们不要碰到这种事。"猎人说,"到现在为止,我还没觉得我们有什么危险,我也没预见到有什么障碍会妨碍我们到达目的地。"

"我也同意你的意见,亲爱的狄克,"费尔久逊说,"对于飞行家来说,着陆和起飞最危险。因此在这方面,我们也要特别小心。"

风变大了,变成一阵一阵的了。"维多利亚"号时时改变飞行方向:它一会儿被风往北推,一会儿又被风往南抛,怎么也遇不到稳定的气流。

"'维多利亚'号现在飞行的速度至少是150千米每小时,"费尔久逊说道,"你们弯腰看看,就可以看见下面的景物消失得多么快。快瞧!这片树林好像冲到我们面前来啦!"

"是村庄,"过了几分钟,乔说,"瞧,这些黑人的面孔显得多么慌张呀!"

"要是您许可的话,我真想扔个空瓶子下去!""维多利亚"号在30米左右的高度飞过一个村庄的时候,乔说,"只要这只瓶子完完整整地落到黑人眼前,他们一定会向它叩头。要是摔碎了,他们也会拾一块当作驱邪的护身符。"说着说着,乔就往下扔了一只瓶子,瓶子立刻摔得粉碎。土人们吓得尖叫起来,连忙逃回他们的房子里去了。

"瞧,一棵奇怪的树!"过了一会儿,狄克喊道,"它上半截是一种树,下半截又是另一种树!"

"好一个怪地方!这里的树是这一棵长在另一棵上面的!"乔嚷道。

"这是一棵无花果树的树干,在这树干上积了一些肥土,有一天,风吹来一粒棕榈树的种子,这粒种子就会像在地上一样生根发芽。"

当博士和乔在那里一说一答的时候,森林已经过去了,接着出现了一簇茅舍。茅舍排列成圆形,当中有一个广场,在广场中心孤零零地长着一棵树。乔一看见这棵树立刻喊道:"啊呀,要是这棵树四千年来都开这种花,那我可不敢恭维!"

他指指一棵又高又大的枫树,树干的四周堆满了人骨头。乔所说的那些花正是刚割下不久用匕首挂在树干上的人头。

"那些吃人肉的人管这种树叫战争树,"费尔久逊解释道,"印第安人只剥牺牲者的头皮,而非洲人是把牺牲者的头颅整个割下来。"

那挂着鲜血淋淋的头颅的村庄已经渐渐从视野里消失了,现在展现在眼前的是同样令人恶心的景象：腐烂的死尸，陷在灰土里的骷髅，零零落落的肢体，都成了野狗和金狼的食物。

"这大概是罪犯的尸体，"博士说，"据我所知，在阿比西尼亚，人们是把罪犯扔在荒野里喂野兽的。"

"这不比绞刑残忍多少。"苏格兰人回答，"只是脏一些罢了！"

那时正是中午。"维多利亚"号飞得慢一些了，大地已不是在气球下面跑，而只是走了。

突然传来了呼啸的声音。三位旅行家弯下腰一看，看到了一幕使人触目惊心的情景。两个部落正在你死我活地打着，箭像雨点一般。由于战士们正在互相残杀，他们没有注意到"维多利亚"号的出现。大约有300人参加了这场可怕的战争。

后来，"维多利亚"号被他们看到了，战争停止了一会儿，但是嚎叫声变得更吓人了，而且有箭向吊篮射来，有一支飞得非常近，乔一把就抓住了。

"我们升高一点，升到箭射不到的地方去吧，"费尔久逊喊道，"我们要尽可能小心！我们不能冒险。"

屠杀又开始了，斧头、长矛又一齐出动了。

"我简直忍不住要干涉这场战争！"狄克挥舞着他的马枪，脱口而出。

"绝对不行！"费尔久逊叫道，"我们找一个高一点的气流，快点离开这里吧。老实说，这个场面真叫我讨厌。"

但是费尔久逊没能及时地飞走。旅行家们看见了胜利者怎样扑到战败者身上去，他们怎样彼此抢夺还没凉透的人肉，贪婪地大嚼。

气球向南飞去了，离开了这残杀和人吃人的场面。

救了一个传教士

他觉得,有一些黑乎乎的影子在偷偷地向他们那棵树走来。他们听到一阵由于摩擦树皮发出的沙沙声。博士把希望寄托在黑夜发射光亮的"维多利亚"号的神异出现上。

夜非常黑。博士不能确定他们是在什么地方,锚钩住了一棵很高的树,这棵树的轮廓在黑暗中几乎看不出来。

和平时一样,博士从晚上9点钟起值第一班,到了午夜,狄克来和他换班。

狄克倚在吊篮边上注视着还没有熄灭的燃烧嘴,同时打量着这片宁静的黑暗。

这时突然传来一阵刺耳的声音。

这是什么?是野兽的吼声,夜鸟的啼声,还是人的喊声?

过了一会儿,他觉得,有一些黑乎乎的影子在偷偷地向他们这棵树走来。这时,从乌云后面溜出了一道月光,狄克清清楚楚地看到有一群什么东西在黑暗里移动着。

他想起了狒狒的事情,便不再迟疑,立刻推了推博士和乔的肩膀,把他看到的讲给他们听。

"我和乔两个人顺绳梯爬到树上去。"狄克说。

"我趁这时候,准备好一切,我们说升就升上去。"博士补充道。

狄克和乔点头示意。他们无声无息地溜到树上,坐在钩着锚的那棵粗壮的树丫上。他们躲在树叶子里一动也不动地、默默地倾听着。

大海入侵

突然,他们听到一阵由于摩擦树皮发出的沙沙声。

"声音越来越大了。"过了几分钟,狄克低声说,"对,有人在向上爬。"

野人们真的在往上爬。他们从四面八方涌来,像蛇似的沿着树枝爬着。

过了一会儿,狄克和乔看到在和他们占据的树枝一般高的地方,露出了两个人的脑袋。

"开枪!"狄克说。

砰砰两声枪响,像雷鸣一样传了出去。一转眼工夫,那一群野人哀叫着都逃得无影无踪。

但是在这哀叫声中,突然传出了一个人的喊声——奇异的、突如其来的、不可思议的喊声!那个人清清楚楚地用法语在喊:"救命呀!救命呀!"

狄克和乔惊讶得不得了,赶紧爬回吊篮里。

费尔久逊掩饰不住激动的心情,他说:"一个不幸的法国人落到这些野人手里了。当然,在我们没有救出他以前,我们是不会离开这里的。"

"我们完全同意你的意见!我们等待你的吩咐!"

"现在,我们商量一下应该怎么办,天一亮,我们便想办法去救他。"费尔久逊说。

"这个不幸的人一定就在附近,"乔说,"因为……"

"救命呀!救命呀!"又传来了那个声音,但是已经微弱一些了。

博士用手合成一个传话筒,放到嘴边,用法语高声喊道:"不管您是谁,不要绝望!有三个朋友在关心着您哪。"

一片可怕的叫嚣声答复了费尔久逊的喊话。毫无疑义,这叫嚣声盖过了俘虏的回答。

"要赶快采取行动。"猎人坚持说。

"也许,我们就这么办,"费尔久逊好像要强调这几个字,加重语

气说。

"先生,您有本事驱散这黑暗吗?"

费尔久逊说道:"我的计划是这样的:我们的100千克压仓物还没有动用过。我想,这个俘虏被折磨得精疲力竭了,他的重量绝不会超过我们任何一个人。万一需要上升得更快一点,我们还可以扔掉剩下的30千克压仓物。"

"不过,这样也有不好的一面,"费尔久逊继续说,"以后再想降落的时候,我就只好放掉和压仓物相等的氢气了。当然,氢气是很宝贵的东西,不过,在救一个人的时候,就顾不得这么多了!"

"现在我们就动手吧。"

"等一会儿,乔,你扔压仓物,狄克,你救人。不过,没有我的命令,不要行动。乔,你先去解锚,马上回吊篮来。"

这时,博士拿了两根用来分解水的绝缘导线,又在他的旅行包里掏了一会儿,掏出两块削得尖尖的炭条,接在每一根线的顶头。然后,他便站在吊篮中间,两只手各拿着一根炭条,把它们的顶端凑在一起。

突然,在两根炭条的尖端之间一闪,发出了明亮的、耀眼的光芒。顿时这一团电光划破了夜的黑暗。

费尔久逊用那道明亮的电光向四面照射,最后把电光停在那发出可怕的叫声的地方。狄克和乔对着那里凝视着。

一片草地当中有一棵高大的锦葵树,"维多利亚"号就几乎一动不动地停在这树的上空。差不多就在"维多利亚"号下面大约30米远的地方,竖着一根木柱。木柱脚下躺着一个30岁光景的青年,他的头发又长又黑,半裸着身子,骨瘦如柴,遍体血迹和伤痕,把头低在胸前,好像钉在十字架上的耶稣,头顶上的头发较短,一看就知道他曾受过剃发礼。

"这是个传教士!"乔喊道,"牧师!"

"我们要把他救出来,"博士肯定地说,"一定要救出来!"

当黑人们看到这带着闪亮、尾巴像扫帚星似的气球,全吓得魂飞魄散,那俘虏听见他们号叫,便抬起头来。他的眼睛里闪起了希望的光,他也不管是怎么一回事,向他的意想不到的救星伸出了双手。

"他活着哪!他活着哪!"费尔久逊高兴地喊道,"喂,乔,熄掉燃烧嘴。"

博士的命令立刻被执行了。小得几乎觉察不出来的微风把"维多利亚"号轻轻送到被俘的人那里,同时,气球随着气体的收缩慢慢地下降。"维多利亚"号在光的波浪里又漂浮了十分钟。费尔久逊继续用那道炫目的光向人群照射,把那些黑人吓得纷纷逃回自己的矮屋里。黑人跑光了。博士把希望寄托在黑夜发射光亮的"维多利亚"号的神异出现上,这件事算是做对了。

吊篮接近地面了。有几个胆大的黑人看到俘获物要从他们手里脱逃,立刻又叫着走了回来。狄克抓起他的马枪,但是博士不许他开枪。

当吊篮触到地面的时候,狄克放下马枪,一把抓住传教士,把他拖上吊篮。就在这时候,乔把100千克的压仓物扔出去了。

博士原以为"维多利亚"号会非常快地升上去,但是,跟他预料的正相反,它上升了1米,就停住不动了。

"谁在拉着我们!"博士惊慌地叫道。

有几个野人疯狂地叫着奔过来。

"嘿!"乔在吊篮边上弯下腰一看,叫道,"有一个黑人抓住我们的吊篮了。"

"狄克!狄克!"博士喊道,"水箱!"

狄克立刻明白了他朋友的意思,他搬起一个50多千克重的水箱,一下子就推到吊篮外面。

"维多利亚"号减轻了重量,立刻向上腾高了100米。黑人们看到俘虏在耀眼的光芒中逃脱了,发出一片狂暴的咆哮。

"维多利亚"号又往上一腾,一下子上升了300多米。

乔在吊篮边弯下腰来,看见那个野人摊开两手在空中翻着跟斗,

最后栽到地上去了。

博士把两根电线一分开,周围立刻又一片漆黑了。

他们小心翼翼地把这个遍体刀伤与火伤、枯瘦的可怜人抬到帐篷里。博士先替他洗净了伤口,之后,把手绢撕成碎片敷在伤口上,又从他的药箱里拿出一瓶兴奋剂,往传教士的嘴里滴了几滴。传教士有气无力地咕哝着:"谢谢,谢谢!"

博士知道病人需要安静,便把帐篷四周的帘幕放了下来,自己就去照料气球了。

安葬这个可怜的人

帐篷的帘幕卷起来了,他愉快地呼吸着清晨新鲜的空气。他感觉到,这人就要死了。他软弱无力地跪了下来,那样子叫人看了真心酸。

傍晚,"维多利亚"号停住了,在黑暗里待了一夜。乔和狄克二人轮流照顾病人。费尔久逊独自负责大家的安全。

第二天早晨,"维多利亚"号向略微偏西的方向飞去。看起来,这一天有希望是个好天气。病人能够用大一些的声音和他的新朋友们说话了。帐篷的帘幕卷起来了,他愉快地呼吸着清晨新鲜的空气。

"我是圣拉撒路教会的一个传教士。上帝派你们来救我。但是我的生命已经告终了。你们是从欧洲来的。请你们给我讲讲欧洲、讲讲法国吧!我已经整整5年得不到消息了!"

"5年!一个人在这些野人中间待了5年!"狄克感叹道。费尔久逊给传教士讲了半天关于法国的事情。传教士贪婪地听着,眼泪簌簌地顺着两颊往下流。他用火热的手一会儿拉拉狄克的手,一会儿又拉拉乔的手。博士给病人倒了几杯茶,病人很愉快地喝了下去。这个可怜的人能够抬起身子了,他看到自己在晴朗的天空飞行,微笑了。

这时,不幸的传教士支持不住了,不得不立刻让他再躺下去。他虚脱了几个钟头,好像死了一样。费尔久逊守在他身旁,情绪很不安静。他感觉到,这人就要死了。

博士把病人惨不忍睹的伤口又重新包扎了一下,而且不得不牺牲他大量的存水,用来使病人烧得滚烫的身体凉爽一些,可惜并没能挽

回他的生命。

临死的人用断断续续的语句给博士讲了他自己的经历。

传教士是布列塔尼半岛莫尔比昂省中部阿拉顿村的人,他很早就热衷于传教士的职业。他在20岁的时候,离开祖国,到了非洲这不好客的地方。从此,他克服了重重困难,受尽了千辛万苦,一路祷告,徒步走到了聚居在尼罗河上游的部落那里。

这一年以来,他是在一个叫作"巴拉夫利"的最野蛮的部落里度过的。几天以前,那个部落的酋长死了,不知为什么黑人却把酋长的暴死归罪于这个倒霉的传教士。于是他们决定拿他来作祭品。他差不多已经受了两天两夜的苦刑了。正如博士所料,传教士在第二天午日当空的时候就要被处死了。

"我牺牲我的生命,并不后悔。"他补充道。

"维多利亚"号微微地移动着,仿佛风要让濒死的人得到安宁似的。

傍晚,乔看到西边有一片火光。如果是在纬度较高的地区,人们也许会以为这是北极光。天空像火烧一般。博士仔细地观察着这种现象。

"这不会是别的,是座活火山。"他说。

过了三个钟头,"维多利亚"号已经飞到火山的上面了。

它的位置是在东经24°15′,北纬4°42′。在它的下面,一个火光熊熊的火山口流出熔岩的洪流,同时高高地喷出岩石块。这无数道的火流落下来就像是万条瀑布,叫人看得眼花,这个景致实在壮丽,不过很是危险,因为风还继续不变地将"维多利亚"号向着那片火海驱送。

既然没法绕过这个障碍,就只好从它上面飞过去。燃烧嘴的火头烧到最大限度,"维多利亚"号升到了2000米的高度,在火山上空飞过。濒死的传教士躺在那儿,正好看到这正在喷发着火焰的火山口。

"多好看呀!"他说,"上帝的力量是无边的,在最可怕的自然现象中,我们都能感觉到它的存在。"

爽朗的夜晚到大地上来了。虚弱的传教士在静静地昏睡着。

"不,他不会再醒过来了,"乔说,"可怜的年轻小伙子!他最多三十岁!"

"乔,你看,上帝给他多么美好的一夜,也许是他最后的一夜。他再也不会受罪了,死,对他来说,不过是安静的睡眠罢了!"

法国人若断若续地咕哝着:"朋友们,我要走了!愿上帝帮助你们完成你们的事业吧。愿上帝来替我报答你们对我的恩惠吧。死是永生的开始,是人世烦恼的结束。弟兄们,求你们……扶我跪起来吧!"

狄克扶起了他。他软弱无力地跪了下去,那样子叫人看了真心酸。

"主啊,主啊!"垂死的传教士叫道,"可怜可怜我吧。"

他做了个手势,为他那几个和他仅仅相处一日的好友祝福,接着,他就倒在了狄克的怀里。狄克的脸上簌簌地滚下了大颗的泪珠。

"死了,"博士低头看着传教士说,"死了。"

于是三个朋友不约而同地都跪了下去,默默地祈祷。

"明天早上,"过了一会儿,费尔久逊说,"我们把他安葬在被他鲜血灌溉过的非洲的土里。"

第二天中午,为了埋葬传教士,博士决定在原始火成岩地带当中的谷地降落。为了降落,博士打开外面大气球的活门,放掉了一些氢气,于是"维多利亚"号就稳稳地落了下来。

气球一触到地面,博士便立刻关闭了活门。乔一纵身跳了出去,他一只手拉着吊篮的边缘,另一只手开始向吊篮里扔石头,一直扔到它们的重量和他自己的体重相等为止。

等到乔往吊篮里放了250多千克石头以后,博士和狄克也从吊篮里出来了。"维多利亚"号保持均衡不动了,它的升力不能使它从地面升起。

首先他们收拾出了一块地方。之后,掘了一个很深的墓穴,深得让野兽无法把尸体拖出来。

三位朋友毕恭毕敬地把法国人的遗体放到墓穴里,然后用土把墓穴填起来,上面铺了几块大石块做成坟墓的样子。

博士呆呆地站在那里,好像在自言自语:"你们知道这个好心肠的舍己为人的人现在葬在什么地方吗?这位立志过苦日子的传教士现在长眠在金矿里了!"

"在金矿里?!"狄克和乔异口同声地喊道。

"在金矿里,"博士平静地答道,"你们这样满不在乎地用脚踢来踢去的石头,里面都含着黄金!"

"不可能!不可能!"乔反复地说。

"在这青色的片岩石的裂缝里,你们可以很容易地发现大块的生金。"博士继续说。

乔听到这话,像疯子似的向遍地散布着的石头扑了过去。狄克也不反对他这样去做。

"冷静点吧,我亲爱的乔,"费尔久逊对乔说,"我亲爱的,你好好想一想:我们要这些东西有什么用?反正我们也带不走呀!"博士劝他道。

"那么,就不能把这种矿石代替沙子当作压仓物来带走吗?"乔被逼得没有办法了,只好退一步说。

"好吧,我同意,"费尔久逊回答,"不过,当我们需要把这值几千英镑的压仓物扔出去的时候,你可别愁眉苦脸。"

"几千英镑!"乔重复道,"先生,莫非这真的都是黄金吗?"

"是的,我的朋友,这地方是个金库,千百年来,大自然不停地向里面贮藏它的财宝。这些黄金足够叫几个国家富裕起来。这里的黄金,足有澳洲和加利福尼亚的加在一起那么多!"

这时,乔就精神百倍地动起手来,不一会儿的工夫,就往吊篮里装了500千克左右的贵重的石块。

费尔久逊向那法国人长眠的地方看了最后一眼,就回吊篮去了。

博士非常忧虑,他宁可付出大量的金子去买很少的一点水。也该补充水了,但是在这干燥的地区,是不会有水的,这不能不使博士担忧。费尔久逊发觉甚至用来解渴的水都不够了,他决定不放过任何补充水的机会。

博士点着了燃烧嘴,烧热了蛇形管,过了几分钟,气体开始膨胀起来,但是"维多利亚"号并没有动。乔一声也不吭,提心吊胆地望着气球。

"乔!"博士对他说。

乔并没搭腔。

费尔久逊说:"狄克、你和我,我们三个人的体重加在一起,如果我没算错的话,就有200千克左右,既然有这么重,那你起码得扔掉这么重的矿石。"

"要扔掉200千克!"乔可怜巴巴地说道。

"是的,比200千克还得多一点,气球才能上升。好啦,快点扔吧!"

乔一面唉声叹气,一面往外扔石块。

"狄克,你想想看,"费尔久逊向他的朋友说,"黄金甚至对于一个世界上最好的人,都起这么巨大的作用。总之,这样一个金矿不知引起多少人的欲望和贪心,使多少人犯罪!这太叫人痛心了!"

在这一天,"维多利亚"号向西飞了140千米。按直线来计算,它现在距离桑给巴尔岛2200千米。

"维多利亚"号钩住一棵孤零零的枯树,平静地度过了一夜。

用水出现了危机

费尔久逊非常细心地注视每一个哪怕是很小很小的山谷。他只希望来一场风暴把他们刮出这片地区。太阳的光芒像些火带子似的平躺在辽阔的平原上。

早上,天空又是万里无云,太阳又射出炽烈的光芒。"维多利亚"号升到了空中。博士试了几次,好不容易找到了一股微弱的气流,把气球向西北送去。

"我们完全没有前进,"费尔久逊说,"如果我没有弄错,我们在这十天当中已经完成了我们的一半旅程。可是根据目前的飞行速度来看,剩下的一段路,恐怕要好几个月才能走完。更叫人伤脑筋的是:我们就要没水啦!"

"我们会找到水的,"狄克答道,"在这么大的地方,不可能找不到河川或者水塘。"

"但愿能找到。"

费尔久逊非常细心地注视每一个哪怕是很小很小的山谷。

这种忧虑和最近几天以来的事件大大改变了这三位旅行家的心情。他们很少说话,大家都怀着一肚子心事。非洲这一带的风景,看了也会叫人有不安的感觉。

越来越荒凉了。在白茫茫的沙子和火红的石头之间,稀稀落落地可以看到几棵半死不活的乳香树和一些带刺的灌木。到处现出了地壳的原始石层,那是些有锋利棱角的岩石。这种种干旱的征兆更加重了费尔久逊博士的心事。

现在要想后退也不可能了,只有前进。博士并没有什么过高的要求,他只希望来一场风暴把他们刮出这片地区,但是,天上连点云丝也没有。

90华氏度的天气实在热得叫人吃不消,于是费尔久逊从3加仑水里拿出1加仑预备用来解渴,剩下的2加仑留下给燃烧嘴用。这2加仑水只能制造出480立方尺的气体,燃烧嘴每小时大约要消耗9立方尺,也就是说,还能维持54小时,这数字是绝对精确的!

"一共只能飞54小时了!"博士向他的朋友们宣布道,"为了不错过任何小河、泉水,甚至于水洼,我决定夜里不飞行,这样我们还可以维持三天半。这三天半,我们无论如何也得找到水。我认为我应该预先跟你们说清楚:喝的水,我只留了1加仑,所以我们得尽量省着喝。"

恼人的白昼和炙热的太阳代替了宁静的黑夜和美丽的星光,从清晨起,天气就热得叫人难受。

"真热得讨厌!"乔擦着额头的汗,嚷道。

"假使我们有水的话,热,甚至还可以为我们服务呢,"费尔久逊说,"因为热可以使氢气膨胀,所以燃烧嘴的火头就不需要这么大了。我们扔掉的那50千克水,足可以保证我们维持十二三天的旅程,有这么多日子,我们当然可以飞过撒哈拉沙漠了。"

这时,地势一千米比一千米低了下去。高低起伏的金矿山在逐渐消失,仿佛大自然在做最后挣扎,从遥远的山峰上落下来的岩石,起初变成尖角棱棱的石块,后来变成了沙子,最后变成了微细的尘埃。

太阳还是向大地投射着灼热的光,几乎叫人觉不出的微风,活像一个垂死的人的呼吸,仿佛就要断气似的。

在这种困难的情况下,费尔久逊并没有气馁。他仍然保持着冷静和沉着。他手里拿着望远镜,仔细看着地平线。最后,丘陵看不见了,植物也绝迹了,面前展开了一望无际的沙漠。压在他心里的责任感使他非常痛苦,然而他并没有流露出这种心情。因为是他,靠着友情或

义务的力量,把他的朋友狄克和乔领到这里来的。

在这仿佛永远也过不完的一天里面,三位航空家都在仔细地向四处观望,可惜,他们没有看到任何可以引起一点点希望的东西。到了日落时分,地面上起伏的丘陵完全没有了。太阳的光芒像些火带子似的平躺在辽阔的平原上。这是道道地地的沙漠。

第二天,天空还是那样晴朗,空气还是那样静止。"维多利亚"号升在150米的高空慢慢向西移动。

"我们现在到了撒哈拉沙漠的中心了,"费尔久逊说,"看,这无边无际的沙漠!真是奇景,大自然的布置多怪!在同样的纬度,在同样的阳光照耀下,为什么那边树木繁盛,而这边却寸草不长呢?"

"亲爱的费尔久逊,我不管为什么,"狄克反驳道,"我只关心事实。问题的关键,就是如此。"

"你不怕炎热的太阳光会损害我们的气球吗?"狄克问博士道。

"不怕。用来浸透波纹绸的树胶能经受比这高得多的温度。气囊里的温度有时高到158华氏度(70摄氏度),一点也没有什么影响!"

"乌云!真是乌云!"乔突然叫道,他那尖锐的眼睛根本不需要用什么望远镜。

真的,在东方的地平线上,升起了一片云幕,这云幕很浓很密,仿佛在逐渐扩大,这是集聚在一起而又各自保持原状的小块乌云。博士由此做出结论说:"那个地方的空气一点也不流动。"

"既然这块乌云在我们头上不散,那我们就飞上去,怎么样?"狄克问道。

"这样做,似乎不会有太大的益处,"博士答道,"这徒然多消耗气体,也就要消耗大量的水。可是在我们现在的处境下,一点机会也不能够忽略,我们姑且升上去吧。"

不一会儿,温度大大地升高了,气体也膨胀了,"维多利亚"号一直升了上去。在大约450米高的地方,"维多利亚"号在雾里荡漾着,好像飞得快了一些,这就是唯一的收获。

费尔久逊也知道这次行动获得的成效不大,心中闷闷不乐。这时,他突然听见乔用无限惊讶的声调喊道:"我的天!还有一个气球,那只气球上也有人!"

真的,在离他们60米的地方,也有一只气球,气球下面也挂着吊篮,吊篮里也有旅客,而且它还紧跟着"维多利亚"号飞过的航线飞行。

"那么,"博士说,"我们没有别的办法,只有给它发个信号。狄克,把我们的国旗拿出来。"

这时候,那只气球上的旅客好像也想出了这么个主意,也有一个人同样摇着一面旗帜在打招呼。

"这是什么意思?"猎人惊讶地嘟哝道。

"很简单,这是你自己在回答你自己的信号,我亲爱的狄克。"费尔久逊笑着说,"也就是说,那只气球,就是我们自己的这只气球,就是我们的'维多利亚'号。这不是别的,只不过是一种幻影,"博士继续说,"由于空气的密度不同而引起的光学现象。如此而已。"

"这可真够奇怪!"乔还在反复地说。

过了一会儿,这幻影逐渐隐没了。乌云撇下"维多利亚"号升得更高了。

风,几乎感觉不出来,好像变得更小了。博士也知道没有希望了,便开始把气球向地面降落。

下午4点钟左右,乔看到在一望无际的沙漠中好像有什么高起来的东西,过了一会儿,他才看清楚那是两棵距离很近的棕榈树。

"棕榈树!"费尔久逊喊道,"既然有树,就一定有水源或者水井。"

"那么,先生,现在我们要不要把剩下的水喝光?"乔提议道,"实在热得受不了啦!"

"我亲爱的,我们喝吧。"

他们谁也不跟谁客气就大喝起来。

晚上6点钟,"维多利亚"号已经在棕榈树的上面飞翔了。

树下,有一堆显然被水侵蚀过的石头,现在这些石头已经被太阳晒得裂缝条条,似乎就要变成石粉了,四周连一点有水的迹象也没有。西面,有一排一眼看不到头的白骨,在一个泉井的周围散布着一堆一堆的骷髅,看来是有一个骆驼队到过这里,因此沿途留下了这成堆的骨头。

三位旅行家的脸色苍白,你看看我,我看看你。

"我们不必降落了,"狄克说,"快离开这恶心的地方吧。显然,这里是一滴水也找不到的。"

"狄克,不对!"费尔久逊反驳道,"应该看个究竟。我们把这口井彻底检查一下。"

"维多利亚"号着陆了。乔和狄克向吊篮里倒了和自己体重相等的沙土,然后就向井那里奔去。他们沿着井里几乎完全坍塌了的阶梯走下去。在井底,他们看到,水源大概在好多年以前就已经干涸了。他们掏了掏那干燥而松软的沙土,可惜那里面连水的影子都找不到。他们满头大汗、浑身尘土、垂头丧气、疲惫不堪地从井里爬了出来。

费尔久逊知道,他们的搜寻徒劳无功。

昨天,"维多利亚"号飞了还不到10千米,却用掉了162立方尺的气体。星期六早晨,费尔久逊发出了出发的信号。

"燃烧嘴只能烧6个钟头了。"他宣布道,"假使在这6个钟头以内我们找不到水源,也找不到井,我们的命运,那只有上帝才知道了。"

空中一丝风也没有,像死一般的沉寂。天气愈来愈热得吃不消了。这时,挂在帐篷下面的寒暑表已经指到113华氏度(42摄氏度)。

口渴越来越使他们感到难受了。他们每一个人都眼巴巴地打量着剩的一点点宝贵的水,但是谁也不肯用它来润润嘴唇。

"唉,还应该最后努一把力!"早晨10点钟光景,博士自言自语地说,"应该再试一试,看看能不能找到把我们送走的气流。我们最后一次碰碰运气吧。"

博士在各种不同高度——从30米到1500米——的大气里都试过了,但是即使是一股最微弱的气流也没找到。

最后,留下制造氢气的水用完了,燃烧嘴也灭了,电池不再起作用了,"维多利亚"号皱缩成一团慢慢往下落,位置还是在刚才的那块地方,沙土上还保留着吊篮的印迹哩。

他们下了地。乔做好了晚餐——其中包括饼干和肉饼,但是三个人谁也吃不下。他们每人喝了一口热水,就草草结束了这一顿。

第二天,只剩下半品脱水了。博士把这点水保留着,预备到万不得已的时候才去动它。

"我喘不上气来了!"过了不多一会儿,乔叫道,"好像热得更厉害了,唉,难怪,"他瞧瞧寒暑表,补充道,"140度(60摄氏度)啦!"

三位不幸的旅行家在这样酷热的天气里没有水喝,开始有点神经错乱了。他们的眼睛睁得大大的,目光也变得没有神采了。

天黑以后,费尔久逊决定用快步走来压制这种不安的心情。他向西走了几英里,精神又振作起来。可是,他突然感到头晕,似乎是面临着深渊,他的两腿发软,这片无边无际的沙漠使他害怕了。

他很想往回走,但走不动,他开始喊叫,但是没人应他,甚至连回声都没有。他的喊声像石头落在无底洞里一样消失在空间里了。费尔久逊一个人在寂静无声的沙漠里失去了知觉,倒在了地上。

半夜里,费尔久逊在他的忠实的仆人乔的怀抱里清醒了过来。乔因为博士很久还不回来,非常担心,因此便顺着沙地上清清楚楚的脚印跑去,结果找到了他。

乔扶着博士,沿着原路往回走,他一边走一边说:"我们一定得想个办法。我们像这样再拖几天就不行了,到那时候,要是再没有风,那我们都得送命了。"

博士什么也没回答。

"我打算带一些吃的东西,一直往前走,走到一个地方为止,反正早晚总会走到一个地方的。假使在这期间刮起了好风,那你们也不必等我,就飞走吧。假使我能走到一个村庄,我就靠你们预先给我在纸上写好的几句阿拉伯话来应付应付。那时,我将回来救你们,不然的

话,我一定是在那里牺牲了。您认为我的计划怎么样?"

"不行,乔,不行! 我们不能分开,这会使我们多一份心事。"

第二天早晨醒来时,博士头一件事就是看气压表。水银柱几乎一点也没降低。

"一点变化也没有,一点变化也没有。"他咕哝道。

费尔久逊走出吊篮,看看天气,还是那样热,还是那样晴朗,还是那样平静。

"难道一点希望都没有了吗?!"他对着空旷的四周叫道。

乔没有搭腔,他正在出神,想着他自己的冒险计划。

狄克起来了,他那样子完全像个病人,叫人看了感到不安。他受尽了口渴的折磨,他费劲地蠕动着他的发肿的嘴唇和舌头,可是发不出声音。之后,他就陷入虚脱的状态,只听到他干裂的嘴唇里发出呼吸的声音。

到了傍晚,乔也开始精神错乱了。他突然把这无边无际的沙漠当作是一个洋溢着满满一池清水的大池塘。这个可怜的人曾不止一次扑到滚烫的地上大喝起来。他爬起来时,满嘴都是沙土。

这时,乔看到费尔久逊和狄克躺在那儿一动也不动,他克制不住自己,竟想把剩下的最后一点点水喝掉。他不由自主地跪着走到吊篮旁边,眼睛盯着那一瓶水,抓起水瓶来便把瓶口往嘴里塞。在这一刹那,从他身旁发出了凄惨的喊声:"喝水! 喝水!"

狄克向他爬来。这位不幸的猎人样子十分可怜:他跪在地上,痛哭流涕地哀求乔,乔眼里也含着眼泪,他把水瓶子递给狄克,于是狄克便将那瓶水喝得干干净净,连一滴也没有剩。

博士忧郁地坐在吊篮里,双手交叉在胸前,呆呆地凝视着天空。狄克的神情很可怕:他的头左右摇晃着,好像笼子里的野兽一样。突然,猎人的目光落在了马枪上——马枪的枪托翘在吊篮外边。

"啊!"他叫道,他用非凡的力量抬起身子,像个疯子似的向马枪扑了过去,他抓住马枪,用枪口对准了自己的嘴。

"先生！先生！"乔喊叫着向他奔去。

"别管我！滚开！"狄克叫道。

他们两人激烈地争斗起来了。

"滚开，要不，我把你打死！"狄克重复着这句话。

乔拼命扭住了他。他们两人这样搏斗，费尔久逊好像没看见似的。在这短短分把钟的恶斗中，马枪忽然砰地响了一声。博士听见枪声，便挺直身子站了起来，他活像一个妖精似的。突然，他的眼睛变得有神了，他把手伸向远方，用不像人的嗓音喊道："那儿！瞧那儿！"

他的喊声和手势竟发生了那样大的效力，使得乔和狄克立刻停止了搏斗，两个人都望着费尔久逊。

辽阔的平原上翻腾起了波浪，仿佛风暴中汹涌的大海一样。沙浪在疯狂地起伏着，一个巨大的沙柱，以不可思议的速度旋转着从东南方过来了。

费尔久逊的眼睛里闪烁着充满希望的光芒。

"热风！"他喊道。他急急忙忙地把吊篮里当作压仓物的沙土往外倒。他的两个朋友终于明白是怎么一回事了，也来帮忙，之后就各自占据了吊篮里的位子。

"维多利亚"号开始上升了。

终于飞过撒哈拉沙漠

它用不可思议的速度飞过了汹涌翻腾的沙海。三位旅行家看见前面有一个耸立在沙漠海洋中的绿岛——绿洲。他们因为太兴奋了,所以没注意到地上到处都有新鲜的脚印。

热风在用闪电般的速度逼近。再晚一步,"维多利亚"号就会被压扁撕成碎片,甚至被消灭掉了。巨大的龙卷风已经追上了它,向它撒来了冰雹般的沙子。

"再扔掉一些压仓物!"博士喊道。

"是!"乔答道,一面往地上扔了一块很大的石英石。

"维多利亚"号很快地升到龙卷风上面,被强大的气流托住了,它用不可思议的速度飞过了汹涌翻腾的沙海。

3点钟,热风停了,沙土又落在地上形成了无数小沙丘。天空中又笼罩着一片死寂。"维多利亚"号停住了。三位旅行家看见前面有一个耸立在沙漠海洋中的绿岛——绿洲。

"水!那里有水!"博士喊道。他立刻打开上面的活门,放出一些氢气,于是"维多利亚"号就轻轻地在离绿洲两百步远的地方落下来。

这一回,三位航空家4个钟头飞了240英里。往吊篮里装上沙子以后,狄克和乔二人就先后跳到了地上。

"带着枪吧!"费尔久逊喊道,"当心点儿。"

狄克跑过来拿他的马枪,乔抓起了一杆猎枪。他们很快地向树林奔去,转眼之间,他们就钻进了给他们提供大量泉水的绿树丛里。他们因为太兴奋了,所以没注意到地上到处都有新鲜的脚印。

突然,在离他们二十来步远的地方,发出了一声咆哮。

在一棵棕榈树下,一只黑色鬣毛的狮子正摆出准备进攻的架势。狮子一看见猎人,便纵身扑过来。然而还没等到它的脚爪落地,一颗枪弹就已经打中了它的心房。它倒在地上死去了。

狄克奔到井跟前,沿着潮湿的台阶走下去,趴在水源前,开始贪婪地喝起水来。乔也照他那样做。这会儿,只听到像野兽类喝水时发出的那种舌头吸水的声音。

"狄克先生,我们当心一点吧,"乔气喘吁吁地说,"别喝得太多了。"

可是狄克什么也没回答,仍然在喝水。他把头和双手浸在这救命的水里。他好像醉了似的。

"可是费尔久逊先生呢……"乔开口道。

这个名字立刻使狄克清醒过来。

他把他带去的一只瓶子装满了水,顺着梯子迅速爬上去。把盛满水的瓶子递给博士。博士接过瓶子举到唇边,一口气喝掉了半瓶。三位旅行家衷心感谢上帝像显圣似的拯救了他们。

这三位旅行家饱餐了一顿,并喝了不少茶和白酒。之后,在茂密的合欢树下度过了一个美好的夜晚。

第二天,5月7日。博士决定在这里等待顺风。

乔从"维多利亚"号的吊篮里取出他的行军灶,兴致勃勃地做起各种菜肴来,现在,他满不在乎地浪费水了。

"想不到昨天还愁眉不展,今天却欢天喜地!"狄克叫道,"真是绝地逢生,苦尽甘来!不然的话,我都快成疯子了!"

"是的,亲爱的狄克,"博士说,"若不是乔,你也就不和我们在一块了,也不能发表什么人世沧桑的哲理了。"

"谢谢你,亲爱的朋友!"狄克一面把手伸给乔,一面喊道。

"不值得谢,"乔答道,"将来说不定您也会救我。不过,最好还是

不要再发生这样的事了。"

"说起来,人是多么的可怜,"博士说,"这么一点小事就泄气了!"

"先生,您是说,没有水喝是小事吗?"乔问道,"不过,水对于人的生活来说究竟是不可少的呀!"

"当然,乔,人不吃能比不喝活的时间长。"

"这话我相信。再说,一个饿得要死的人会看见什么吃什么,甚至吃他的同类,尽管吃下去会恶心半天,他也还要吃。"

"在这方面,野人才不在乎呢。"狄克插嘴道。

"所以他们才叫野人,他们习惯吃生肉。我就讨厌这种习俗哩!"

这一天就这样在愉快的谈话中度过了。

第二天,天气一点儿没有变化,还是那样平静无风。气球停在那里摇也不摇一下,从这一点就可以看出连一点儿风丝都没有。

费尔久逊又不安起来了。他想:"假使老这么下去,吃的东西就要不够了。渴没渴死,却注定了要饿死吗?"

但是他看到气压表的水银柱显著地下降,马上又放下心来,因为这是天气就要起变化的预兆!他决定为起飞做好准备,一有机会就马上升到空中去。所有水箱(不管用的还是喝的)都满满地装上了水。

之后,费尔久逊要恢复气球的平衡,乔自然又要被迫牺牲他的一部分金矿石了。不过,随着健康的恢复,他自私自利的思想又产生了,所以他愁眉苦脸,不去执行博士的命令。博士向他指出,"维多利亚"号不能携带过多的重量,叫他在水和金子之间选择一样。乔终于不再犹豫,把大量的宝贵矿石从吊篮里扔到地上去了。

天空布满了乌云,乔喊道:"起风了!"

"到底起风了!"博士打量着天空,说,"风暴要来了!"

博士回到他的原位,点着了燃烧嘴,扔掉多余的压仓物。三位旅行家对这片绿洲看了最后一眼,只见树木在风暴的袭击下都低下了头。不一会儿,他们在60米高的空中,乘着东风,消失在黑夜里。

大海入侵

　　三位旅行家一直以极快的速度飞行着。他们希望快一点离开这差一点使他们送命的撒哈拉沙漠。

　　早晨9点15分的时候，他们开始看到在这片沙海上飘浮着的青草了。这些青草告诉他们，陆地不远了。

　　博士兴高采烈地向这个新地方致敬，他几乎要像值班的水手那样喊出："陆地！陆地！"

　　过了一个钟头以后，三位旅行家的眼前出现了大陆，这片大陆虽然还非常荒凉，但已经不是那样一望无边，那样光秃秃的了，灰色的天边出现了树木的轮廓。

　　"我们到了文明的地方了？"猎人问。

　　"文明的地方？"乔叫道，"只是说说罢了！您瞧，连一个人都还没看见哩！"

　　"不过，从我们前进的速度估计，我们很快就可以看见人了。"费尔久逊说。

　　"我们是不是还在黑人的地区？"

　　"是的，乔，一直到阿拉伯人地区为止，都是黑人地区。"

　　"瞧，已经出现动物了！"乔宣布道，"看样子，离这儿不远就有人了。"

　　这个地方的动物和植物比起来谁也不逊色。野牛隐没在茂密的深草里，身材高大的象像飓风似的在森林中横冲直撞，一路上留下破坏的痕迹。在树木丛生的山坡上，瀑布哗哗地在响，溪水淙淙地在流。一群河马喧嚣地在水里沐浴。许多长达6米、形状像鱼的海牛，露着被奶汁胀得圆鼓鼓的乳房，躺在岸上休息。这简直是一些放在不可思议的玻璃房里供展览的珍奇动物，这里面，无数五颜六色的飞鸟在植物间闪闪发光。

　　博士知道，他们到达阿达马乌阿王国的上空了。

在克尔纳克上空

他们睁大了眼睛,惊讶地注视着那像流星一样飞过去的"维多利亚"号。这里的气温很低,博士和他的两位旅伴只好用被子把身子裹起来。

12小时以后,"维多利亚"号到了苏丹王国的国境。在这一带地方最先看到的居民,是赶着牲口游牧的阿拉伯人。阿特兰提卡山巍峨的山峰高耸在地平线上。这些山还没有过欧洲人的足迹,高度估计在2600米左右。非洲这一带的河流,都沿着西面山坡向海洋里奔流。阿特兰提卡山就是当地的"月亮山"。

最后,在这三位航空家的眼前出现了一条真正的大河。博士看到两岸大片大片像蚂蚁窝似的土房子,就肯定那条河是尼日尔河的支流之一——别努埃河,当地人把这条河称作"万水之源"。

无数奴隶在高粱地里忙着,高粱是他们的主要食粮。他们睁大了眼睛,惊讶地注视着那像流星一样飞过去的"维多利亚"号。

不管博士怎么努力,"维多利亚"号还是被风一直向东北方隐没在乌云后面的曼吉夫山那边吹去。

过了不多时,巴热列出现了。18个村庄像婴儿靠在母亲的怀里似的贴在山坡上。这幅景色从上面看下来真是美丽极了。山谷里到处是稻田和花生田。

下午3点钟,"维多利亚"号飞到了曼吉夫山跟前。既然不能避开它,只好飞过去。费尔久逊把温度升高,使气球上升了2400米。"维多利亚"号自从出发以来,还是第一次飞得这么高。这里的气温很低,博士和他的两位旅伴只好用被子把身子裹起来。

费尔久逊急忙下降,因为"维多利亚"号的气囊很可能就要爆炸了。这时,博士从容地看清楚了,这座山早年是一座火山,它那熄灭了的火山口现在只是些无底的深坑。在曼吉夫山的山坡上,堆积了厚厚的一层鸟粪,看起来就像石灰岩。

第二天,5月11日,三位航空家继续勇敢地向前飞行。

风慢慢地把他们向北方送去,早上9点钟左右,他们看到了一座大城市——莫斯菲亚城,这座城坐落在两个高山当中的高地上。气球飞过的当儿,一个阿拉伯族长正要进去。有一队服装鲜艳的卫兵护送着他。走在前面的,是一些喇叭手和清除沿途树枝障碍的开路兵。

博士想飞低一些,好仔细看看那些黑人,因此开始让气球下降。阿拉伯人看到气球越变越大,也就越发害怕。过了一会儿,他们有的撒开腿跑,有的打起马,都一溜烟地逃走了,只有阿拉伯族长一个人没动地方。他拿起他长长的火枪,装上子弹,满不在乎地等着。

博士把气球降到离地大约50米高的时候,他大声用阿拉伯话向阿拉伯族长打招呼。阿拉伯族长一听到天上有人说话,立刻翻身下马,匍匐在地上。费尔久逊想尽方法,也没能够叫他站起来。

"这一点儿也不奇怪,"博士说,"欧洲人初到这里来的时候,都被他们当作神仙,不用说,我们更会被他们当作天神了。以后这位阿拉伯族长和别人讲到这件事的时候,他一定会发挥阿拉伯人幻想的天赋,把这件事讲得天花乱坠。不难想象,将来我们也会成为神话中的人物。"

过了一会儿,莫斯菲亚城已经消失在地平线后面,曼达拉已经在三位航空家的眼前出现了。这是一个异常富饶的地方:这里有皂角树林,有红花遍开的草场,有靛青田和棉田。沙里河汹涌的河水在奔流着,它将流入130千米以外的乍得湖。

过了半小时左右,"维多利亚"号就一动也不动地停在离地60米

高的空中。

"现在我们离克尔纳克非常近了,"博士说,"顶多像在圣保罗教堂屋顶上看伦敦一样。现在我们可以好好地看看这座城了。"

它是一个像样的城,有一行行的房子和一条条相当宽阔的街道。在一个广场上,可以看到一个奴隶市场,那里聚集着许多买主。手足纤小的曼达拉妇女销路很广,而且利润很大。

和过去几次的情况一样,"维多利亚"号一出现,黑人首先是发出一片喊声,接着是惊慌失措,然后扔下买卖、工作就逃。全场寂静无声。三位旅行家一动也不动地停在空中,欣赏着这座人烟稠密的城市。他们甚至还降低到离地只有20米左右的高度。

这时,一位酋长——罗古姆的土王——手举绿旗从他的家里走了出来。

罗古姆人的额角很高,头发鬈曲,鼻子呈鹰钩状,样子显得骄傲、聪明。但是"维多利亚"号的出现使他们大吃一惊,乱成一团。这时有一些骑马的人往四面八方奔跑。过了一会儿,事情就十分明了了。原来黑人已经把军队集合起来准备和不平凡的敌人打仗了。乔把各种颜色的手绢都挥舞过了,但全是白费,什么结果也没有。

在这个当儿,被一群侍从蜂拥着的酋长打了个手势,博士很快就明白了:酋长要求他们赶快离开此地。博士自己当然也巴不得快点飞走,但是,没有风,要走也走不了。酋长看到"维多利亚"号动也不动,发火了。于是就开始采取比较厉害的措施了。

许多拿着弓箭的兵士摆下了阵势。这时"维多利亚"号却膨胀起来,沉着地上升,升到箭射不着的地方。酋长端起火枪,瞄准了气球。但是一直在注意着他的狄克,抢先放了一枪,打断了他手里的火枪。

这意外的一枪使黑人们惊慌到了极点。一眨眼的工夫,他们都逃回他们的小房子里去了,全城一个人影也看不到。

夜来临了。风一点没有。"维多利亚"号只好停在离地180米的空中。

大约在午夜光景,整个城市好像起了火一般,上百道火光像火箭似的交织在空中。

费尔久逊马上就明白了这是怎么一回事。

原来黑人向"维多利亚"号放出了成千上万只在尾巴上拴了燃烧物的鸽子。鸽子已经在"维多利亚"号周围飞绕了,气球映着火光,似乎被罩在一张火网里。

博士不假思索地扔下去一块石头,马上,气球就升到这群危险的鸽子上面去了。开始,他们还可以看到东一处西一处的火光,接着,数量慢慢地越来越少,两小时以后,火光完全熄灭了。

"现在,我们可以放心睡觉了。"博士说。

乔在吊篮里值班。夜里 3 点钟左右,他终于看到下面的城市移动了。"维多利亚"号前进了。这时,狄克和博士已经醒了过来。

费尔久逊看了看罗盘,心里很高兴,现在风把他们向西北方吹送。

"我们的运气很好,"他说,"一切都很顺利。我们今天就可以看见乍得湖了。"

被兀鹰袭击

显然枪弹没有打中它,只把它吓跑了。兀鹰被枪声吓得四散飞逃,但一会儿又疯狂地猛扑过来。在这两位勇敢的人的脸上滚下了大颗的泪珠。

三位旅行家现在正沿着沙里河飞行。美丽如画的两岸隐蔽在各种色调的、茂密的树荫下。藤本植物和其他种类的蔓生植物交错在一起,就像是一块鲜艳夺目的调色板。鳄鱼像蜥蜴一样,一会儿轻巧地浮上来,一会儿又沉下去。它们一边玩着,一边向散布在河中心的无数绿色小岛游去。气球就这样在这片苍翠富饶的大自然中飞过了马法台地区。

早上9点钟左右,费尔久逊博士和他的两位朋友终于飞到了乍得湖的南岸。这就是非洲的里海。耀眼的日光照耀着宁静的湖面,在北方的地平线上,水天连成了一片。

很久以来,人家都说这湖里的水是咸的,博士很想尝尝,证实一下。在湖面上下降是没有什么可担心的,于是"维多利亚"号在离水面只有五尺高的地方像一只鸟儿似的掠着水面飞行。乔用绳子拴住一只瓶子,吊上了半瓶水,尝了一下,觉得这水带有咸味,不适于饮用。

博士在笔记本上记下了湖水的成分,这时就在他身边发出了一声枪响。原来狄克实在忍不住了,他看到一只怪模怪样的河马刚出水,就放了一枪。但是,显然枪弹没有打中它,只把它吓跑了。

"还不如用叉叉住它呢。"乔说。

"用什么叉呢?"

"就用我们的锚。对于这样一个怪物来说,锚是挺适合的钩子。"

"真的,乔想的主意真不错……"狄克道。

"不过我要求你们千万不要这样做,"费尔久逊打断了他的话,"这个怪物会把我们拉到我们完全不想去的地方去的。"

"尤其是现在,我们已经知道了乍得湖水的味道了。"乔插嘴道。

中午1点钟左右,"维多利亚"号斜着飞过湖以后,又开始在陆地的上空飞行了,像这样飞了七八千米。但是,三位旅行家几乎还没来得及看他们面前展开的风景,一阵向相反方向刮的风突然托住"维多利亚"号,又把它往乍得湖那边送走。

他们飞了60千米。费尔久逊和他两位朋友的眼前又展开了一幅新的图画。湖里散布着许多岛屿,岛上住着比地奥马人。比地奥马人是些凶恶的海盗,人们怕他们,不亚于怕撒哈拉沙漠里的土阿列格人。

这些野人刚要用箭和石子来欢迎"维多利亚"号的时候,"维多利亚"号就已经像只大甲虫似的从他们头上飞过去了。

这时,乔注视着天边,向狄克说:"瞧!那儿有一群大鸟向我们飞来了!"

"但愿这些鸟是一种有害的鸟。那样,好心肠的费尔久逊就不会反对我放枪了。"猎人说。

"我没有什么意见,"费尔久逊说,"不过,我倒很希望这些鸟离我们越远越好。这是些兀鹰,而且是最大的兀鹰,如果它们来进攻我们的话……"

过了十分钟,那群鸟已经近到用枪可以打得着了。这14只兀鹰沙哑地叫成了一片。它们直向"维多利亚"号扑来,看来,与其说"维多利亚"号叫它们害怕,还不如说叫它们发火了。

兀鹰围绕着气球盘旋。包围圈愈来愈小了。它们以极快的速度在天空中穿来穿去,它们有时像颗枪弹似的突然下落,有时又出其不意地急转方向。

博士决定把气球升高一些,离开这危险的环境。他扭大了燃烧嘴的火苗,氢气开始膨胀起来,于是"维多利亚"号就向上升去。但是兀鹰也跟着气球一起往上升,显然它们还不肯放过它。

兀鹰已经离得很近了。它们那叫得鼓起来的光秃秃的脖子和气得竖起来的紫色的毛冠,已经可以看得清清楚楚了。这些都是些最大的兀鹰,它们的身长足有1米。它们的白翅膀里闪闪发光。简直可以说它们是长着翅膀的鲨鱼。

"这些猛禽在追我们,"费尔久逊看见兀鹰跟在"维多利亚"号后面飞,说道,"不论我们升多高,它们也不会落在我们后面的,说不定还能赶过我们呢。"

"我们怎么办呢?"狄克问道。

博士没有回答。

在这一刹那,一只最凶猛的兀鹰张开嘴,伸出爪子向"维多利亚"号扑来,它打算把气球啄破,并且扯个粉碎。

"开枪!开枪!"博士叫道。

博士的这句话还没说完,兀鹰就被击中了要害,旋舞着掉了下去。现在狄克抓起了双筒枪。乔也端起了枪。兀鹰被枪声吓得四散飞逃,但一会儿又疯狂地猛扑过来。这时,狄克一枪正好打掉了一只离得最近的兀鹰的头,乔打破了另一只兀鹰的翅膀。

"只剩11只了!"乔喊道。

但是剩下的这11只兀鹰现在改变了它们的战术,都一起飞到"维多利亚"号上面去了。狄克望着费尔久逊。尽管费尔久逊这么坚强和沉着,他的脸色也白了。在这不安的寂静中,突然传来了绸子的撕裂声。三位旅行家觉得吊篮离开他们的脚了。

"我们完了,"费尔久逊看到气压表读数迅速上升,叫道,"快扔压仓物!快扔!"只几秒的工夫,全部压仓物都被扔出去了。

"我们全完了!"费尔久逊叫道,"倒掉水箱里的水!乔,听见了没有?我们要掉到湖里去了!"

水马上就都倒掉了。博士在吊篮边弯下腰,只见湖水好像海潮一样向他们冲来。下面的东西看着看着很快地变大了。吊篮离乍得湖的湖面不到60米了。

"扔掉存粮!扔掉存粮!"博士又叫道。

于是装着食物的箱子就被投到湖里去了。

气球落得慢一些了,但是还是在继续下降。

"扔呀!再扔呀!"博士喊道。

"没有什么东西可扔了。"狄克答道。

"有!"乔简单地答了一声,迅速地画了个十字,就跳到吊篮外面去不见了。

"乔!乔!"博士惊惶地喊道。

但是乔并没有听见他的话。

"维多利亚"号减轻了负重,又开始上升了,升到1000米高的空中。风直往漏了气的气囊里钻,把气球向湖的北岸送去。

"没命了!"狄克做了个绝望的手势说。

"为了救我们,他自己牺牲了!"费尔久逊接着说。

在这两位勇敢的人的脸上滚下了大颗的泪珠。

他们伏在吊篮边,还希望能够看到可怜的乔的踪迹,但是他们已经被风吹得很远了。

"我们现在如何是好呢?"狄克问道。

"狄克,只要一有可能,我们就着陆,然后,下去。"

"维多利亚"号飞了100千米以后,降落在乍得湖北岸的一块荒凉地上。锚钩住了一棵树,猎人把锚弄牢了。

夜来临了,但是费尔久逊和狄克一分钟都没能合眼。

寻找勇敢的乔

两位朋友一直到现在还没有勇气提起他们不幸的朋友。兀鹰用嘴撕破的裂口足有好几尺长。费尔久逊和狄克在值班的时候,都恍惚听到从什么地方传来乔的喊声。

第二天,5月13日,两位旅行家首先考察了他们所在的那部分湖岸。这是在一片沼泽当中的一个土岛。在这块硬地的周围长着一望无边的芦苇,这些芦苇就有欧洲的树那样高。

两位朋友一直到现在还没有勇气提起他们不幸的朋友。狄克头一个说出了他的假定。"也许乔还没死,"他开口道,"他是个机灵的小伙子,而且是个少有的游泳家。"

"狄克,但愿上帝能听见你的话!我们将尽一切努力来找到我们的朋友,"博士热情地回答,"不过,我们首先要把'维多利亚'号外面没用的气囊去掉,把它去掉,就会减轻325千克的负担。"

博士和狄克马上开始工作,这项工作是很难做的。

首先,要把气囊上非常坚固的绸子一块一块地拉掉,然后把它扯成碎片,一条一条地从网子里掏出来。兀鹰用嘴撕破的裂口足有好几尺长。

这个工作足足做了4个钟头,最后,好容易才把外面的气囊整个去掉了,还好,里面的气囊一点也没坏。"维多利亚"号的体积减小了五分之一。

狄克觉得体积上的这个差别实在太大了,他很担心。

大海入侵

"现在我们还能飞吗?"他问他的朋友。

"关于这一点,你不用担心,狄克。我有办法叫我们的气球恢复均衡。等我们可怜的乔一回来,我们就可以照常飞行了。"博士答道。

过了一会儿,猎人又说:"费尔久逊,如果我没记错的话,在我们往下掉的时候,我们正好离一个岛不远。"

"对,我也记得是这样。我们出事的时候,野人们一定看见了。乔如果落在他们的手里,除非野人迷信,救了他,要不,那就不堪设想了。狄克,你打猎去吧,不过不要走得太远。大部分吃的东西都扔掉了,现在要紧的就是补充我们的存粮。"

"好吧,我马上去。"

说完,狄克走了。博士也去忙着做各种准备工作,一直忙到狄克打完猎回来。狄克这次打猎非常顺利,他带回来一大堆野鹅、野鸭、山鹬、鸳鸯和雄鸠。他立刻把这些野禽拾掇干净,开始熏制。当他认为野禽已经熏得够火候了的时候,便把它们摘下来放在吊篮里。

在两位旅行家工作的当儿,黄昏来临了。

费尔久逊和狄克在值班的时候,都恍惚听到从什么地方传来乔的喊声。

黎明时分,博士叫醒了狄克。

"我考虑了很久,我们总得想个办法把我们的朋友找回来,"费尔久逊说,"首先,非常重要的是:得想法叫他知道我们的情况。"

"可是怎样通知他呢?"狄克微眯着眼睛问。

"乘上吊篮,再升到空中去。我们想法在湖的上空飘上一整天,那样,乔不会看不到我们的,要知道,他会时时刻刻找我们呢。他甚至会想出办法来告诉我们他在什么地方哩。在我们没有尽到一切力量以前,我们是不会离开的。"博士坚定地说。

"好,现在就出发。"猎人表示同意。

早上7点钟,他们费了九牛二虎之力才把锚从树上弄下来。新

"维多利亚"号上升到了60米高的空中。起初，它在一个地方直打转，但是，过了一会儿，它就被相当大的风托住，以每小时30千米的速度向湖的上空飞去。

博士一直把气球保持在60米到150米之间的高度。狄克过一会儿就用马枪放一枪。两位旅行家在飞过一些岛屿的时候，为了要看清楚下面的矮林、大树和灌木，甚至冒险降得很低。总之，凡是可以让人藏身的树荫或岩石都仔细看过了。

但是，博士和狄克无论在哪儿，连乔的影子也没找到。

费尔久逊和狄克突然产生了一种可怕的想法：在这一带湖里鳄鱼多得很呀！起初，他们两人谁也没有勇气说出这个顾虑。最后，还是博士没头没脑地说："……只有在岛的附近或者湖边上才会碰到鳄鱼，乔一定能灵巧地躲开它们的。再说，这里的鳄鱼根本不可怕。非洲人常常逍遥自在地在湖里洗澡，从来也不怕鳄鱼侵袭！"

狄克什么也没回答。他宁可不作声，也不愿讨论这个可怕的可能性。

这时，风向突然变了，把"维多利亚"号又送回两位航空家前一天晚上过夜的地方了。这一回，锚没有钩住树，而是钩住了一束芦苇。这束芦苇被稠厚的淤泥牢牢糊住了，所以相当结实。

早晨3点钟刮起了大风，"维多利亚"号停得离地面这么近，实在太危险了。高高的芦苇鞭打着气球，很可能把它扯破。

"狄克，得出发了，"博士说，"在这种情况下，我们无论如何也不能留在这里。"

"这么说，不等找到他，我们就飞走？"狄克很难受地说道。

"狄克，你以为我心里不难过么？但是现在情况这么紧急，我们还能怎么做？"

但是，即使要走，也不是那么容易。锚钩得牢牢的，怎么也取不下来。

大海入侵

乔的惊险遭遇

一个七零八落、惊慌失措的骆驼队被卷在飞沙里。看到这个恐怖的场面,博士和狄克惊呼,他俩脸都白了。这两个非洲人怪声怪气地叫着,紧紧地抓住他不放。

费尔久逊博士忍痛把锚索砍断了。"维多利亚"号在空中一下子往上升了200米,一直往北飞去。

费尔久逊一点儿办法也没有,只好让气球听凭风暴摆布。他把双手交叉在胸前,闷闷地沉思着。过了一会儿,他转过身来,对默默无言的狄克说:"狄克,也许我们真的自不量力,做这样不是人能做的旅行。"

博士深深叹了一口气。

"可怜的乔!他是个多好的小伙子呀!又忠诚,又老实!他曾经一度被财富迷惑住,可是,他毕竟慷慨地牺牲了他的宝藏!现在,他已经离我们很远啦!风速在用不可思议的速度把我们往远处送!"博士又说。

狄克没出声。

"维多利亚"号飞过迪布人居住的地区,越过苏丹国境线上的"别拉台尔吉利"——长满带刺灌木的荒原,最后,飞到了沙漠的上空。这片沙漠地上被来来往往的骆驼队踩出了一条条的路迹。

"维多利亚"号像颗流星似的飞过,三个钟头的工夫,就飞了整整100千米,费尔久逊一点没有办法控制气球飞行的速度。

"我们要停也停不下来,"博士说,"要着陆也办不到。没有一棵树!也没有一个土丘!我们又要过撒哈拉沙漠了吗?一定是老天爷在和我们作对!"博士万分绝望地喊道。

"不要着急……"狄克话音未落,突然看见北面升起了像云雾一样的沙尘,沙尘在两股相反的气流冲击下直打转。显然是龙卷风在那里作怪。一个七零八落、惊慌失措的骆驼队被卷在飞沙里。跌倒在地上的骆驼喑哑地惨叫着。呛人的尘雾里发出哭声和喊声。有时候,在混乱当中,闪动着颜色鲜艳的衣裳。在这幅毁灭的景象上面,怪物般的旋风在咆哮着……

过了一会儿,在那片原来十分平坦的沙漠平原上,冒出了一个变幻不定的沙丘,那是埋葬骆驼队的大坟墓。

"天哪!"看到这个恐怖的场面,博士和狄克惊呼道。他俩脸都白了。

气球在两股相反的气流中间打转,他们一点办法也没有。气球被裹在旋风里,用令人头晕的速度旋转着。吊篮被甩得摇摇摆摆。他们死命抓住绳索,抵抗飓风的狂暴。

北风占了优势,它用同样的速度把"维多利亚"号顺着它早上的路程又送回去了。但是,它的飞行方向和早晨有些不同了。因此,晚上9点时,在他们眼前出现的不是乍得湖的湖岸,依旧还是沙漠。

在博士和狄克找乔又没找着的时候,乔究竟怎样了呢?

乔跳到湖里以后,首先就是钻出水面向空中瞧了瞧。他看到"维多利亚"号已经升得很高了,而且还在继续上升,同时,体积越来越小,过了一会儿,显然它落入了强大的气流中,向北方飞去了。他的两个朋友脱险了。

乔对他两个朋友的命运放心了,便开始考虑他自己。

还在兀鹰侵袭他们以前(他认为兀鹰这种侵袭是很正常的,猛禽就应该那样),乔就注意到地平线上有一个小岛。他脱掉身上最碍事的几件衣服,使出他游泳的全套本领,决定向那个小岛游去。五六英里远的距离是丝毫难不住他的。

乔游了一个半钟头以后,已经离岛相当近了。这时,他忽然想到鳄鱼,于是担心起来。

他离绿树成荫的湖岸只有200多米了,这时候,他嗅到一股强烈的气味。

"瞧!我怕的就是这个!附近就有鳄鱼。"

他急忙潜入水里,但是他还是碰到了一个巨大的东西,被那东西的硬鳞刮了一下。可怜的乔以为自己没命了,他使出浑身力量拼命游泳。他浮出水面,吸了一口气,又钻到水底去了。他就这样在说不出的恐惧中度过了一刻钟,尽管他有涵养,也没能克服这种恐惧。他似乎听到在他的后面鳄鱼的牙齿发出响声,几乎就要咬着他了。他尽可能悄悄地潜在水里向前游,突然,他感觉到有什么东西抓住了他的膀子,之后又抱住了他的腰。

可怜的乔!这时候他的脑子还想到博士。他拼命地挣扎,他感到捉住他的东西并没有像一般鳄鱼对付房获物那样把他拖到水底去,相反地,却把他托到水面上来了。

乔呼吸了一口气,睁开眼睛一看,只见他身旁有两个漆黑的黑人。这两个非洲人怪声怪气地叫着,紧紧地抓住他不放。

"原来是黑人呀!"乔忍不住叫起来,"不是鳄鱼,是黑人!嘿!嘿!反正总比鳄鱼好。这些家伙怎敢在这里洗澡?!"

当这些念头在乔的脑海里萦回的时候,他已经被那两个黑人拉到岸边来了。一上岸,他立刻被乱哄哄的人群包围起来。

乔还没来得及弄清楚他到了什么地方,就已经看出他成了那些黑人的崇拜对象。虽然他想起在卡结赫的一幕,但他还是放下了心。

这当儿,人群越挤越密,把他团团围在当中。他们有的向他磕头,有的叫嚷着,有的伸出手来摸摸他,他们表现得都很亲切。他们向他送上了用酸奶、米粉和蜂蜜做成的一种供品。乔这个好小伙子对一切都很能将就,他狼吞虎咽地一下子就把供品吃光了。他的崇拜者们看

了,都以为神仙在隆重的场合下就是这样进餐的。

到了晚上,巫师们毕恭毕敬地扶着他,把他引到一个四周挂着咒符的小房子那里去。乔刚要进这所圣庙的时候,看到外面堆着一堆一堆的白骨,心里不安起来。等到黑人们把他关在圣庙里走了以后,他才开始平心静气地考虑自己的处境。

狂欢的歌声、鼓声、铁器的叮当声想必非洲人听得非常入耳,从晚上一直到深夜都没有停。在音乐的伴奏下,黑人们围着这座神圣的房子没完没了地跳舞。

乔思索了好几个钟头以后,疲劳毕竟战胜了悲观情绪,倒下便睡着了。要不是他突然感到潮湿而惊醒了的话,他一定会睡到天亮的。一会儿,潮湿就变成了水,水很快就没过了腰。

他用肩膀在墙上撞了一个窟窿,你们猜,他在哪里?在湖中间了!根本就没有什么岛了。原来,岛在夜里被水淹了!现在只有一片汪洋的湖水。

他一眼看到水上漂荡着一只小船,他马上爬了上去。

夜里2点钟左右,小船靠了岸。岸边有一棵大树,这棵大树好像特地为他在树枝上准备好了一张床。乔为了安全起见,就爬上了那棵树。他并没有睡着,在那里等天亮。

早晨,乔打量了一下他过夜的那棵大树。出乎意料的景象使他惊得目瞪口呆:树枝上密密层层地盘着蛇和变色蜥蜴,几乎连树叶子都被它们盖上看不到了。简直可以说,这是一棵新品种的树,是生长爬虫的树。太阳一出来,这些爬虫都蠕动和盘绕起来了。乔又是害怕,又是恶心,一纵身就跳到地上去了。

乔遇到这件事以后,决定以后要当心一点儿。然后,他根据太阳确定了方向,向东北方走去。一路上,凡是有茅屋、矮屋、草棚和可能遇到人的地方,他都小心地避开。

他频频仰起头来看着天空,总希望能够看到"维多利亚"号。

勇敢的乔一面自言自语,一面不停步地向前走着。后来,他突然在树林里碰上了一群野人,幸亏他及时地闪避过去,没有被他们发现。

乔屏住气,动也不动地藏在树丛里。就在这时,他一抬眼睛,突然从树叶的隙缝里看见了"维多利亚"号,它正从他头上30米的高空向湖边飞去。可怜的乔既不能喊一声,更不能跑出来!

"维多利亚"号已经愈飞愈远,在空中消失了。乔断定它一定会回来的,便开始等待着。它的确又出现了,不过这次在东面。乔朝它奔了过去,挥舞着双手拼命地叫……一切都是白费。大风用不可遏止的速度把"维多利亚"号刮跑了。

不幸的乔第一次垂头丧气起来。他想:这回他可完了,博士已经飞走,永远不会回来了。

他慢慢地走着,终于走到了沼泽地区,但是他自己并不知道,因为黑夜已经来临了。突然他陷入了黏糊糊的烂泥里,尽管他拼命地想摆脱,总是白费力气。这片泥沼正一点一点地把他吸进去。几分钟以后,半段身子已经陷下去了。

"完了,这回可死定了!"他猛烈地挣扎,反而越陷越深。周围连可以抓住的一棵小树、一根芦苇也没有!他想他完了!他闭上了眼睛。

"博士,博士!救救我吧!"他叫道。

然而,这绝望、孤独、嘶哑的喊声却在黑暗中消失了。

意外相逢

在他们前面跑的并不是他们的头目,而是一个逃亡的人。狄克大声问,马上他就看见乔倒在地上。乔踏踏实实地一觉睡了一天一夜。

狄克又站到吊篮前部观察去了,他目不转睛地注视着地平线。过了一会儿,他转过身子向博士说:"那里一定发生了什么特别的事情,我非常感兴趣。那很像骑兵在演习!可不是吗!对,我没看错!那正是些骑马的人。你瞧!"

狄克又开始观察,过了几分钟,他说:"这太奇怪了!我真猜不出这是怎么一回事。不过,他们的队伍并不整齐,而且在拼命飞奔,从这点看来,他们不是在演习,似乎在追捕什么。他们好像是在追捕一个人!在他们前面跑的并不是他们的头目,而是一个逃亡的人。"

"逃亡的人!"费尔久逊激动地说道。

"对了。"

"那可要好好盯着他。我们再等一会儿!"

不管骑马的人跑得多么快,"维多利亚"号飞了五六千米以后,还是追上他们了。

"费尔久逊!费尔久逊!"狄克用发抖的声音叫道。

"狄克,怎么啦?"

"是他!"

"他?!"博士喊道。

一个"他"字就说明一切了,没必要再提名字。

"他,骑在马上的就是他!离敌人不到一百步!他在拼命逃哩!"狄克激动地喊。

博士脸色变得苍白。

狄克又说话了:"他背着我们跑,看不见我们。"

"他会看见我们的。"费尔久逊一面减小燃烧嘴的火力,一面回答。

"怎么能看见呢?"

"5分钟以后,我们就要降到离地15米高了,12分钟以后,我们就要降到他头顶上了。"

"哎呀——哎呀——哎呀!"博士叫道。

"怎么啦?"狄克大声问,马上他就看见乔倒在地上。乔的马被折磨得精疲力竭,倒下了。

乔从地上站了起来,在他抬头的一刹那,看到了空中的"维多利亚"号,他朝他的两个朋友挥了挥手。

"乔看见我们了!"博士高兴地喊道。

"他还跟我们打了个招呼!"狄克补充道。

"不过,阿拉伯人马上就要抓住他啦!他还等什么?嗨,真是好样的!"狄克情不自禁地嚷了起来。

乔刚跌下去,便一个纵身跳了起来,当一个人赶上来冲到他眼前的时候,他像只豹似的向旁一闪,突然之间,他已经蹿上了阿拉伯人的马,用强有力的双手、钢铁一般的指头卡住敌人的喉咙。他掐死了敌人,把尸体推到沙地上,骑着马继续向前奔驰。

一个阿拉伯人眼看就要追上乔,够得着用长枪刺他了,但是狄克眼疾手快,一枪就把那个阿拉伯人打下了马背。

乔听见枪声,甚至没有回头。有一些阿拉伯人看见了"维多利亚"号,立刻翻身下马,虔诚地拜倒在地,另一部分人还在继续追赶。

"乔是怎么啦?"狄克叫道,"他怎么不停下来?"

"乔的办法聪明得多,"博士答道,"我明白他的意思了。他往'维多利亚'号飞行的方向奔驰,在等我们把他救上来。"

"现在我们怎么办呢?"狄克问道。

"狄克,你站到后面去,随时准备把这些压仓物一下子扔掉。"博士说。

这时,"维多利亚"号差不多已经到了那群跟在乔后面拼命追的阿拉伯人的头上了。博士站在吊篮的前部,放开绳梯,准备到时候扔下去。乔骑在马上,和敌人一直保持着15米的距离。现在"维多利亚"号已经赶到阿拉伯人的前面了……

"注意!"博士对狄克说。

"我随时准备着哩!"狄克答道。

"乔!当心!"博士一面高声叫道,一面放下了绳梯。绳梯的头几档横木碰在地上,扬起了一片灰尘。

乔听见费尔久逊叫他,并没有减低奔跑的速度,只是转过了身子。绳梯接近他了,他一把抓住。这时候,博士向狄克喊道:"快扔!"

"是!"狄克动作十分麻利。

"维多利亚"号摆脱了比乔还要重的压仓物,一刹那间就上升了45米。

"维多利亚"号摇晃得很厉害,乔紧紧地抓着绳梯不放。等到气球比较平稳了,乔朝着阿拉伯人做了个胜利的手势,然后灵活得像马戏团演员一样爬上了绳梯,到了两位朋友的身边。两个朋友紧紧拥抱着他。

"博士!狄克先生!"乔只说了这么一句话。由于疲乏和兴奋过度,他昏了过去。

费尔久逊给他包扎好了伤口,让他躺在帐篷底下。

过了一会儿,乔苏醒过来了,紧紧地握了握两位朋友的手,便想讲一讲他的遭遇,但是两位朋友不许他说话。不一会儿,他就呼呼地睡着了,看来,他是非常需要睡眠的。

晚上,风停了。"维多利亚"号用锚钩住一棵巨大的枫树,安安稳稳地停了一夜。博士和狄克二人轮流守望,乔踏踏实实地睡了一天一夜。

黎明时分,风又大了起来,然而风向不定,"维多利亚"号一会儿被刮向北,一会儿被刮向南,但是最后还是往西飞了。

博士说:"假使'维多利亚'号把我们送到廷巴克图去,我们没有什么可抱怨!从来没有人舒舒服服地到这里来旅行过。"

"也从来没有人身强力壮地在这里旅行过。"乔从帐幕里探出他笑容可掬的面孔,接着博士的话说。

"啊!瞧!我们勇敢的朋友,我们的救命恩人到底是醒了!"狄克兴奋地喊道。

"我的朋友,你表现了伟大的自我牺牲精神,"博士说,"你救了我们。要不是你跳了下去,气球就掉在湖里了。"

"我不过翻了一个跟头,你们就把它说成是什么自我牺牲精神!这个跟头固然救了你们,其实也救了我自己。可不是吗?瞧!现在我们三个人都健康地活着呀!总之,我们也不必彼此责难了吧。"乔满不在乎地说。

博士笑道:"不过,你能不能给我们讲讲你的冒险经历呢?"

"好吧,既然你们一定想听,那我就讲给你们听吧。"

乔讲到他如何陷在泥沼里,如何绝望地呼救时说:"我以为我完了,博士,我脑子里最后想到的便是您。我拼命挣扎。结果如何?我自己也不知道。不过我决心挣扎到最后一秒钟。这时,我突然看见在离我非常近的地方有……你们猜,有什么?有一段刚断不久的粗绳子头。我也不知道我怎会爬到这段绳子跟前的。我拉了拉,觉得还吃得住人。我又努力了一番,终于爬到坚硬的土地上了……我看到在绳索的那一头有个锚!是的,博士,这才叫救命的锚哩!我马上就认出了它!那就是我们'维多利亚'号的锚!这说明你们在这里停留过!我研究了一下绳索的位置,我就推测出你们是向哪个方向飞去的。马上,我也不再泄气了,我的力气也生出来了。我爬出沼地,又往前走。我走了半夜,一直在离湖边远一些的地方走。最后,我走到了一个大森林的边缘。那里,在圈起来的一块草地上,有马群在安静地吃草。我没有多考虑,就跳上一匹马向北飞奔。我在庄稼地里奔驰,我跳过灌木、围墙,我拼命催我胯下的马,逼它跳过一切障碍……我就这样子跑到了耕地的边界,在我的面前是一片沙漠。我当时说:'好极了,这对我很合适,在这里,起码可以看得很远。'我时时刻刻等待着我们的'维多利亚'号出现。但它总是不出现。我就这样骑马飞奔了三个钟头。忽然,我像个傻子似的闯到了阿拉伯人的营地。这回阿拉伯人追赶我了!以后怎么样,你们都知道了。"

在乔讲他的历险经历的当儿,"维多利亚"号已飞了相当远的一段路了。

遇上蝗虫

它不偏不倚地一直向前飞着,它的影子在地上画着一条笔直的线。前面展开一片丛莽,无数鳄鱼、河马和犀牛在里面乱爬。必要时,我不得不扔掉压仓物了。

过了不多时,狄克指给两位旅伴看,在地平线上出现了一簇矮屋,似乎到了一个城市。博士查看了地图,才知道这是达梅尔古国的塔热莱尔镇。

3 小时后,"维多利亚"号飞过起伏着一连串光秃秃花岗岩高山的多石地区。有些山峰高达 1200 米。大自然好像为了弥补沙漠里荒瘠的缺陷,让这里的豆球花树、含羞草和战捷木茂密丛生,让长颈鹿、羚羊和鸵鸟非常敏捷地在树林里窜来窜去。这是凯鲁阿人的国土。他们和他们的残暴的邻族土阿列格人一样,用布带裹着脸。

"维多利亚"号在这一天里顺利地飞行了 400 千米,晚上 10 点钟,它在一个大城市的上空停下了。博士看了看星星的方位,知道他们是在阿加德斯的上空。阿加德斯从前曾经是一个贸易的中心,但是在巴尔斯到那里的时候,它已经衰落了。

"维多利亚"号悄悄落在阿加德斯以北两英里的地方,那里是一片辽阔的黍田。

5 月 17 日那一天平平淡淡地过去了,没有发生什么事情。沙漠又开始出现了。不大不小的风把"维多利亚"号向西南方吹送,它不偏不倚地一直向前飞着,它的影子在地上画着一条笔直的线。

星期日早晨,风向又变了。现在气球向西北方飞行。几只乌鸦在空中飞翔,地平线上出现了一群鹞鹰,幸而它们离"维多利亚"号很远。

乔一看见这些鸟,就不绝口地称赞博士,说他为气球做了两个气囊真是个好主意。

"假使'维多利亚'号只有一个气囊,那我们现在还不知怎么样了呢!"他激动地说,"我认为,这第二个气囊,就等于船上的救生艇,在遇难的时候,随时可以靠它逃命。"

"朋友,你说的一点也不错,不过,我倒有点不放心我的救生艇,因为它究竟抵不上船呀!"

"你这话是什么意思?"狄克插嘴说。

"也就是说新'维多利亚'号要比原来的差,我不知道是什么缘故:是波纹绸用旧了,还是树胶有些地方被蛇形管的热气烤化了,我发现气囊有点漏气。目前,事情还不严重,可是毕竟值得我们注意。'维多利亚'号有下降的趋势,为了使它保持必要的高度,我只好尽量使氢气膨胀。"

"糟糕!"狄克叫道。"我看这是没法修理的。"

"是呀。"博士说,"所以我们无论如何也得快快赶路,必要时夜里都不休息。"

第二天,星期一,天变了,下起了倾盆大雨。气球和吊篮被雨水浸湿,增加了重量。因此不得不同时向骤雨和增加的重量做斗争。这一带之所以有这么多沼泽和泥泞地,正是由于常常下大雨的缘故。可是这里又出现含羞草、锦葵和乌梅树了。一排一排像美国人帽子一样的屋顶在下面闪过,现在"维多利亚"号到桑拉依国了。这里高山很少,小丘倒相当多。小丘之间是溪谷,里面有山鹊和珠鸡飞来飞去,到处有汹涌澎湃的溪流横在路上。前面展开一片丛莽,无数鳄鱼、河马和犀牛在里面乱爬。

"我们快要看到尼日尔河了。"博士说。

中午,"维多利亚"号从一个小市镇——一簇相当简陋的茅屋上飞过。这地方叫高镇,从前是一个大城市。

"巴尔斯从廷巴克图回来的时候,就是从这里渡过尼日尔河的。"博士开始讲道,"这条河在古代很出名,它是尼罗河的竞争者。尼日尔河和尼罗河一样,曾经吸引了历代地理学家的注意。为研究尼日尔河而牺牲的人,大概比为研究尼罗河而牺牲的人还要多。"

尼日尔河在相距辽阔的两岸中间汹涌澎湃地滔滔南流。但是三位旅行家很快被气球送走了,他们几乎都没有看清楚那条河流的奇妙的轮廓。

星期一一整天都是阴天,博士兴致勃勃地给他的两位朋友讲了很多有关他们路过的那地方的事情。地面相当平坦,飞行没有遇到任何困难。只有那可恨的东北风却使费尔久逊担忧。这风大极了,把"维多利亚"号吹得离廷巴克图越来越远。

尼日尔河在北部流到廷巴克图以后,就好像一个巨大的喷泉似的拐了一个弯,接着,分成许多闪闪放光的支流,向大西洋流去。

晚上 8 点钟左右,"维多利亚"号已经向西飞了 320 千米。月光透过乌云,穿过雨网,照耀着绵延不断的洪波利山脉。没有比这些玄武石山峰再奇特的了!它们幻影一般地出现在深蓝色天空的背景上,像北极海的浮冰,又像神话中的某一个中世纪城市的废墟。

"维多利亚"号向北方飞去了,5 月 20 日早晨已经飞到像蛛网一般的河川——尼日尔河的支流的上空了。有些河床里长满了深草,远远地看过去,好像是一片绿油油的牧场。

一群蹦蹦跳跳的羚羊把弯弯的犄角埋在深草里,那里,鳄鱼在窥视着它们。一长串的驴子和骆驼,载着从热纳买来的货物,钻进了高大的树林。过了不多时,在河湾的那边出现了一排一排的矮房子。房顶上和土台上都堆着干草。

"这是卡布拉,廷巴克图的码头!"博士欣喜地叫道,"离那个城最多不到 8 千米了。"

果然,在下午 2 点钟,神秘的廷巴克图在旅行家的眼前出现了。

廷巴克图就和雅典、罗马一样,也曾经出过各种科学家和各派哲学家。

从高处向下看,这座城像一堆圆球和方块。街道相当狭窄。街道两旁只是一些用砖头(这些砖头是用太阳晒的)盖的平房和用稻草或芦苇盖的矮屋。这些矮屋有的是圆锥形,有的是正方形。有些身穿色彩鲜艳的服装、手执长矛或土枪的人,东一个西一个地随随便便躺在土台上。这时刻,街上没有女人。

当"维多利亚"号飞过廷巴克图城的时候,城里顿时热闹起来了,甚至有人敲起了鼓,然而当地未必会有什么科学家有工夫来研究那奇怪的新现象。航空家们被沙漠里的大风托住,已经飞到尼日尔河的曲折的河流上面了。过了一会儿,廷巴克图就变成他们旅途中的一个印象了。

"现在,命运会把我们送到哪里去呢?"博士说。

"要是把我们送到西边去就好了。"狄克说。

"亲爱的,氢气不够。我们'维多利亚'号的升力显然越来越小了。我们得大大地节省氢气,才能够飞到大洋的沿岸。必要时,我不得不扔掉压仓物了。显然,我们太胖了。"

狄克问:"可是,现在,我们是向需要去的方向飞吗?"

"不一定,狄克,不一定。你看看罗盘,现在我们在往南飞,我们在向尼日尔河的源流飞去。"

"可惜它的源流已经被人发现了,否则是一个多么好的机会呀,"乔插嘴道,"博士,确是不能另外再发现别的源流了吗?"

"不能,乔。不过,放心吧,也许我们不会飞得这么远。"

入夜以后,博士扔掉最后几袋压仓物,"维多利亚"号上升了一些。但是过了一会儿,就算把燃烧嘴的火弄得最大,也只能勉强使气球保持一定高度。第二天早晨,"维多利亚"号已经飞到了尼日尔河畔,离德波湖不远了。

费尔久逊尽量使氢气膨胀,在各种不同的高度寻找适合的气流,但是找不到,后来,他就放弃了这种做法,因为陈旧的气囊内壁受到压力,漏出的气体会格外多。

费尔久逊嘴里虽没说什么,可是心里非常焦急。这股气流一股劲儿把气球送往非洲南部,打乱了他的整个计划。再说,"维多利亚"号越变越瘪了,博士觉得它就要不顶事了。

这时,天气开始转晴了。费尔久逊希望雨停以后,气流能够有些改变。

但是乔的一句话使他不安起来。

"得!"乔说,"雨又下大了,这回,从前面的这堆乌云看起来,一定要发大水了。"

"怎么?又有乌云过来了吗?"博士叫道。

"而且是多么可怕的乌云呀!"狄克回答。

费尔久逊把望远镜撂在一边,说:"这根本不是云!"

"是什么?"乔惊讶地问。

"是一群蝗虫!"

"蝗虫!"乔叫道。

"是的,上万上亿的蝗虫,像一阵旋风似的在这一带飞过,假使它们在这里落下的话,这块地方可就倒霉了,什么都得被它们吃光。再过十分钟,这群蝗虫就追上我们了,那时你就能亲眼瞧见一切了。"

费尔久逊的话不错:那足足有几英里长的黑压压的一大片已经带着震耳的喧声飞过来了,在地上投下了一个巨大的暗影,这是一群多得不计其数的蝗虫。在距离"维多利亚"号一百步左右的地方,这群蝗虫向一片茂盛、青翠的田野扑去了。过了十几分钟,蝗虫飞走的时候,三位航空家远远地只看到那里的大树小树都变得光秃秃的,草场像用镰刀割过了似的。

最后的历险

他们很快地一直向西北方飞去,博士的忧虑也逐渐地消散。但是吊篮还是比山峰低,看来还会撞上去。他甚至拼命拖住一个劲儿上升的气球。

傍晚时分,气球开始飞过比较泥泞的地方了。

费尔久逊从吊篮里扔出了一些没有用的东西,几只空瓶子和一只装肉的箱子,这样,他就使"维多利亚"号升到他所需要的空气层里去了。早晨4点钟,朝阳照亮了邦巴拉的首都——塞古城。他们很快地一直向西北方飞去,博士的忧虑也逐渐地消散。"如果速度不变,方向也不变,再飞两天,我们就可以飞到塞内加尔河了,"他告诉他的两位朋友,"到了那里,就是万一我们的'维多利亚'号坏了,我们也可以走到法国殖民地去。不过,但愿它还能继续飞几百千米路,这样,我们就可避免疲劳、恐惧和各种危险,平平安安地抵达西海岸。"

"到了那儿,我们的旅行就结束了!"乔叫道,"真可惜!要不是为了把我们的经历讲给别人听,我宁可一辈子也不着陆。博士,您想别人会相信我们的话吗?"

乔深深地叹了一口气,说:"我会常常后悔我失去了那些金矿石!要是手里有那些黄金的话,才会叫人对我们的话深信不疑呢!我只要发给听众每人一点金子……嘿!我能想象得出,人群将怎样把我包围起来,听我讲,而且一定会对我赞不绝口呢!"

5月22日早晨9点钟,大地呈现出新面貌:倾斜的平地换成了丘陵，这说明离高山不远，就要飞越横隔尼日尔河流域和塞内加尔河流域的山脉了。这山脉是决定那些河流流入几内亚湾或佛德角湾的分水岭。

非洲的这一部分，一直到塞内加尔为止，都被人认为是非常危险的地区。费尔久逊从以前的探险家们所讲的话里早就知道了这些。

"维多利亚"号显然愈飞愈低了，不得不扔掉一些不必要的东西来减轻重量，特别是在飞过山峰的时候。像这样飞了240千米路。

狄克看了，忍不住问道："费尔久逊，你想，会不会气球上有了裂缝？"

"裂缝倒没有，"博士答道，"大概是树胶受到高温熔化了，所以波纹绸有点漏气。"

"有什么办法防止呢？"

"一点办法也没有。唯一的出路是减少我们吊篮里的重量。我们把能扔掉的都扔掉吧。"

"还有什么可以扔掉的？"猎人看看差不多已经空空的吊篮，说。

"这帐篷可以扔掉，它够重的。"

乔一听到这道命令，便爬到系着气球的网套的金属环上去，从那里毫不费劲地取下了篷布，扔了出去。

"维多利亚"号上升了一些，但是过了一会儿，显然又降低了。

"把不十分需要的东西统统都扔掉，"博士说道，"不管怎么样，我也得避免在这一带着陆，瞧，我们现在飞过的这一片森林，那里面可危险极了。"

"有什么？狮子，还是鬣狗？"

乔轻蔑地说道："亲爱的，比狮子和鬣狗还要可怕，那是人，是全非洲最残酷的野人。"

"你怎么知道？"

"从以前到这里来的旅行家，还有法国人那里听到的。那些人住在塞内加尔殖民地，自然得和周围的部落接触……"

"我们可别落到他们的手里去,"乔说,"只要'维多利亚'号上升,就是叫我把衣服全脱光扔掉一直到扔掉鞋子,我都干!"

"我们离塞内加尔河不远了,"博士宣布道,"不过,我看出我们的气球不一定能飞到对岸。"

"不管怎样,我们至少要飞到塞内加尔河岸边,"猎人说,"能这样,就不错了。"

"试试看吧,"博士答道,"不过,有一件事很叫我担心。"

"什么事?"

"我们还要飞过几座山,目前,这对我们来说,是很难做到了,因为不管怎样加热,也不能增加'维多利亚'号的升力。"

"假使我没看错的话,那儿,费尔久逊,您刚才说的那几座山已经在地平线上出现了。"狄克说。

"不错,就是那几座山,"博士举起望远镜仔细瞧了瞧,然后说,"看来它们很高,我们一定很难飞过去。"

这道危险的障碍好像非常迅速地接近了,或者说得精确一些,大风把"维多利亚"号一直向尖锐的山峰吹去。无论如何得升上去,否则就要碰到山峰上了。

"倒掉水箱里的水!只留下够一天用的。"费尔久逊命令道。

乔把供给燃烧嘴用的水也倒掉了,只剩下几品脱,但还是不行。

"我们既然已经把水倒掉了,干脆把水箱也扔了吧。"狄克提议道。

"扔吧!"博士同意了,他转头看了看乔,又说:"乔,你听着,一定要注意,千万别像那一天一样自己跳下去。你向我发誓,在任何情形下都不离开我们。"

"放心吧,博士,我们不会分离的。"乔回答。

"维多利亚"号又上升了,但是,巍峨的尖峰比气球还高出60多米。

"博士,还有什么办法?"乔仿佛猜着了他的心事,问道。

"只留下肉饼,把肉都扔出去!"

这样一来,气球便又减轻了大约 25 千克的负担,上升了许多,但还是不能解决问题,气球还是比山峰低。情况十分危急了。"维多利亚"号以极大的速度飞行着。眼瞧着,它就要猛力地撞在岩石上,整个撞得稀烂了。

博士用目光扫了一下吊篮。它几乎完全是空的。

"狄克,在必要的时候,只好扔掉你的枪了,你做好精神准备吧。"费尔久逊说。

"什么!扔掉我的枪?!"猎人着急地叫道。

"离山越来越近了!离山越来越近了!"乔喊道。

山还高出"维多利亚"号一截。

乔抱起被子扔了出去。狄克一声不响,同样也扔掉了几袋弹药。这一回,"维多利亚"号升到危险的山峰上面去了,它的上部被阳光照亮了,但是吊篮还是比山峰低,看来还会撞上去。

"狄克!狄克!"博士叫道,"扔掉你的枪,不然我们三个人就全没命了!"

"等等,狄克先生!等等!"乔拦住了他。

狄克回头一瞧,只见乔已经在吊篮外边消失了……

"乔!乔!"狄克绝望地喊道。

"可怜的乔!"博士脱口叫道。

山峰顶上的一块地方,约有 20 米宽,那一面山坡的坡度还要小些。吊篮正好掠过相当平坦的台地,在尖尖的石子上拖过,发出吱吱的响声。

"就要过去了!就要过去了!过去了!"传来了一个人的声音,这声音使费尔久逊高兴得跳起来。

原来勇敢的乔用手扶着吊篮下面,用脚踏着山顶跑,这样一来,气球就免除了等于他的体重的负担。他甚至拼命拖住一个劲儿上升的气球。

等到乔跑到那一面山坡上时,他看到在他面前是一个深渊。他使劲用两只手一撑,抓住吊篮上的绳子,一眨眼的工夫,又回到他两位旅伴的身旁了。

"亲爱的乔!我的朋友!"激动的博士说。

"嘿!我这样做,并不是为了你们,而是为了狄克的马枪。自从阿拉伯事件发生以后,我就欠了狄克先生人情债,可是我这人不喜欢欠债不还,现在我们两个算清账了。"

他把猎人心爱的马枪递到猎人手里,补充道:"如果您丢掉这支枪,我可太难过了。"

狄克紧紧地握住他的手,感动得一句话也说不出来。

天黑得非常快,博士不得不决定停下来,明早继续飞行。

"我们得找个适合的地方降落。"他说。

"这么说,你到底还是决定降落了?"狄克问道。

"是的,我早就考虑到我们要做的事了。现在才6点钟,我们还来得及。乔,抛锚吧!"

乔立刻执行了命令。两只锚吊在吊篮的下面了。

"我发现了一片森林,我们将要从上面飞过,我们总会钩住一棵树的,"博士说,"不管怎样,我也不同意到地上去过夜。"

"维多利亚"号飞过繁盛的森林,不一会儿它突然停住了——它的锚终于钩住了一棵树。

入夜,风完全停了,"维多利亚"号差不多一动也不动地浮在绿色枫树林的海洋上。

费尔久逊首先根据星位测算出他们的方位——现在,他们离塞内加尔河只有60千米。

博士在地图上标了一个记号,然后说:"朋友们,现在我们唯一的办法是渡过塞内加尔河。既然没有桥,也没有船,只好乘我们的'维多利亚'号过去。因此,我们还得想法减轻吊篮里的重量。"

"我看,一点办法也没有,"狄克说,他在为他的马枪担忧,"除非我们三个人里面有一个人留下,做自我牺牲……这一次,该轮到我申请取得这种荣誉。"

"哼,你又来啦,"乔喊道,"难道我不习惯……"

"朋友,"狄克打断了他的话,"我不是说从吊篮里跳下去,而是说徒步走到非洲海岸。我的两只脚走得快,枪也打得准……"

"我一辈子也不能同意的!"乔嚷了起来。

"你们的争论一点用也没有,朋友们,"费尔久逊插嘴道,"我想,我们还不至于落到这个地步。万一这样的话,我们也决不分离,我们一起徒步穿过这个地方。"

"说得对!"乔欢呼道,"散散步,对于我们是不会有什么害处的!"

"不过,"博士继续说,"在这以前,我们的最后一着,就是要减轻'维多利亚'号的负载。"

"怎么办?"狄克问。

"扔掉跟燃烧嘴连在一起的水箱,还有电池和蛇形管,这些东西就有450千克呢。"

"可是,你还怎么使氢气膨胀呀?"

"我就不叫氢气膨胀了。不这样,我们也可以飞。"

"朋友们,我再说一遍:我们必须扔掉我们的仪器,虽然这种做法会产生严重的后果。"

"唉,扔就扔吧!"狄克支持他道。

"那么就动手吧!"乔喊道。

这个工作很不简单,得把整个装置一件一件拆开,先取下混合箱,再取下带燃烧嘴的加热箱,最后取下分解水的那个水箱。

这些东西在吊篮底上装得很牢,要把它们拆下来,少不了三位旅行家一齐出力。好在狄克的力气大,乔的动作灵活,费尔久逊会出主意,他们终于达到了目的。所有的装备都一件一件地被扔到吊篮外边去了——它们从大枫树顶上钻进密密的树叶里,不见了。之后,他们又忙着拆掉通进气球里的管子。"维多利亚"号摆脱了许多重东西,立刻伸直了,绷紧了锚索。

这个吃力的工作,到半夜才顺利完成。三位旅行家匆匆吃了点干肉饼,喝了点冷酒,因为乔已经没法用燃烧嘴来热食物了!

夜是宁静的。浮云不时飘来遮住月亮,月光暗淡。费尔久逊倚在吊篮边,注视着周围。他小心观察着脚下像帘幕一般挡住他视线的黑沉沉的树叶。哪怕是一点点响动,他都觉得可疑,甚至树叶轻轻地抖动一下,他都要研究原因。费尔久逊在这种草木皆兵的情况下,特别感到孤单,他想到了各式各样可怕的事情。他曾经克服了那样多的困难,但是,旅行快要结束就要达到目的的时候,他却慌张起来。

这时,他值班的时间已经过了,他叫醒狄克,叮嘱他要特别警惕,然后自己在熟睡的乔身旁躺下了。狄克揉了揉睡得迷迷糊糊的眼睛,从容地点着了烟斗,靠在吊篮边上。为了要赶走睡魔,他拼命地抽烟。

周围笼罩着死一般的静寂。微风吹动树梢,吊篮轻轻摇晃,仿佛在给这位睡眼惺忪的猎人催眠。猎人下决心要战胜睡魔,几次撑开沉重的眼皮,在黑暗中瞪着几乎什么也瞧不见的眼睛,但是结果,他还是敌不过那难以克服的疲倦,伏在那里睡着了。

狄克睡了多久他自己也说不出。突然,他被一道出乎意外的亮光和一阵噼啪声惊醒了。

他擦擦眼睛,跳起身来。一股熏人的热气直向他脸上扑来。森林升起熊熊的火焰……

"救火!救火!"他嚷道,他也搞不清楚发生了什么事。

他的两个朋友也都爬了起来。

"怎么啦!"费尔久逊问道。

"失火啦!"乔答道,"可是谁能……"

这时候,在火光闪耀的树叶下发出了一片喊声。

"啊,是野人!"乔叫道,"是他们放火烧树林,要把我们烤熟。"

"这些是塔利巴人,是阿尔哈吉手下的亡命之徒。"博士说。

"维多利亚"号被火网包围了。枯柴的噼啪声和青枝的嗞嗞声混作一片。到处是一片火海。高大的树木在火焰中隐隐露出烧焦的树枝。这片火海一直深入天空映照着乌云。三位旅行家就好像被包围在火焰的大气里。

"快逃！下地去！"狄克喊道，"这才是我们的生路！"

但是费尔久逊紧抓着朋友的手，拦住了他，然后冲到锚索那里，一斧头砍断了锚索。火舌从四面八方向"维多利亚"号伸来，舔着被照得通亮的吊篮。但是气球一摆脱了束缚，就上升了300米。

从森林里传来了惊天动地的喊声和震耳欲聋的枪响。

可是"维多利亚"号已经被晨风托住，向西飞去了。那时是早上4点钟。

"假使我们昨天晚上不做准备、减轻气球的负重，我们就只好等死了。"博士说道。

"所以说，什么事情都要做得及时。"乔说。

"不过，我们还没有脱险呢。"博士反驳道。

"费尔久逊，你怕什么？"狄克问道，"反正'维多利亚'号是不会降落的，就算它降落，又有什么大不了的？"

"有什么大不了的？"博士反问道，"喂，狄克，你瞧！"

"维多利亚"号正好飞过森林边缘，三位航空家看到那里有三十来个骑马的人，这些人身上都穿着肥肥的长裤子，披着随风飘动的外衣。他们有的拿着长矛，有的拿着土枪，骑着烈性的大马，正好和"维多利亚"号朝同一个方向跑着。这时"维多利亚"号正不快不慢地向前移动着。

那些骑在马上的人一看见气球，立刻发出了野蛮的呐喊，同时挥动他们的武器，露出愤怒和发狠的样子。他们黑黝黝的面孔，加上稀稀疏疏、根根竖着的络腮胡子，更是显得凶暴。他们非常轻快地向塞内加尔河畔倾斜下去的高地上奔驰着。

"嗯，他们不能把我们怎样，"狄克说，"我们只要飞过塞内加尔河，就一点危险也没有了！"

"一点也不错，狄克，不过，千万别掉下去。"博士盯着气压计说。

"乔,你看,我们留下了枪,一点也不是多余的,"狄克说。他特别细心地往枪里装好了子弹。幸好还有足够数量的弹药。

"费尔久逊,我们现在离地有多高?"狄克问他的朋友。

"大约250米。但是现在,上下都由不得我们做主了,我们也不能在空中寻找合适的气流了。我们得完全听我们的'维多利亚'号的支配。"

塔利巴人追了他们一早上。到11点钟的时候。"维多利亚"号只不过勉勉强强向西飞行了20千米。

这时候,又是一阵喊声吸引了费尔久逊的注意。塔利巴人在拼命催着他们胯下的马。

博士看了看气压计,立刻明白了他们叫喊的原因。

"费尔久逊,我们在降落吗?"狄克问。

"是的。"费尔久逊说。

"真倒霉!"乔想。

过了一分钟,"维多利亚"号已经离地不到50米了,但是,这时风变得大一些了。

塔利巴人拼命地追。

"扔掉什么?"乔问道。

"剩下的干肉饼,全部扔掉!这样,我们又可以使气球减轻15千克。"

"是!"乔一面执行命令,一面答道。

吊篮几乎就要触到地面,现在一下子又在塔利巴人的喊声中升了上去。但是过了半个钟头,"维多利亚"号又迅速地下降了,显然是气球漏气了。过了一会儿,吊篮已经擦着地面了。黑人们向它扑了过来。但是"维多利亚"号和上回一样,撞到地就弹了起来,飞了2千米路以后,又重新开始坠落。

"我们逃不掉了!"狄克愤怒地叫道。

"乔,把酒都扔掉!"费尔久逊喊道,"把仪表,把所有占分量的东西全部扔掉！还有，我们最后的一只锚！非这样不可了！"

乔扔掉了气压计和温度计，但是，这样还不够，"维多利亚"号向上升了一下，立刻又向地上降落。黑人们向它狂奔过来，离它只有200步远了。

"把两支猎枪都扔掉！"博士喊道。

"把枪里的子弹打完再扔！"猎人叫道。

于是砰、砰、砰、砰，朝那群人放了四枪。四个黑人在那帮人狂呼的咆哮下跌倒在地上。

扔掉了两支枪以后，"维多利亚"号又能上升了。它一蹿就蹿得很远，活像个从地上弹起来的大皮球。

真是个少见的场面啊！三个可怜的人拼命地逃着。

但是这种情况要告一段落了！快到中午的时候，"维多利亚"号有气无力了，气囊变得轻飘飘的，波纹绸褶皱起来，磨得沙沙地响。

"上帝抛弃我们了，"狄克道，"我们非掉下去不可了！"

乔默默无言，望着费尔久逊。

"不会的！"博士说道，"我们还可以扔掉75千克重的东西。"

"什么东西？"狄克问道，他以为他的朋友发疯了。

"吊篮！"费尔久逊答道，"我们大家拉住网子！我们可以攀在网眼上飞到塞内加尔河。快！快！"

这三个勇敢的人毫不犹豫地抓住了这条生路，就照博士所说的那样，他们攀住网眼。乔一只手拉住网眼，一只手砍断了系着吊篮的绳子。当"维多利亚"号就要降到地上的时候，吊篮掉下去了。

"好呀！好呀！"当气球丢掉吊篮上升到100米高的时候，乔欢呼道。

黑人们拼命地催他们的马，他们的马跑得已经差不多把四条腿伸平了。这时，"维多利亚"号正好碰上一阵好风，把他们抛在后面，很快地向西面一座小山飞去。对于三位旅行家来说，这是一个很有利的条件，因为他们能飞过小山，而追赶他们的那一帮强盗却不得不从北面

绕过这个障碍。

三位朋友继续紧紧地抓着网眼。他们把垂在他们下面的绳子结在一起,结成了一个像网兜似的东西。

飞过小山以后,博士突然叫道:"河!河!塞内加尔河!"

真的,在离他们大约3000米的地方,一条雄伟的大河滚滚地奔流着。对岸的地势较低,土壤肥沃,那里有可以躲藏的地方,而且降落也很方便。

"再过一刻钟,我们就完全脱险了!"费尔久逊高兴地说。

但是,事实并不是这样。气球里的氢气已快要漏光了。它越降越低,现在,它正飞过一片不毛之地,除了长长的坡地,就是多石的平原。仅仅有些地方可以看到寥寥无几的灌木和被太阳晒枯了的荒草。

"维多利亚"号几次碰到地面,又升了上去,但是它越蹦越低。突然,它网子的上部被钩在了一棵孤立在荒野里的锦葵树的树顶上。

"唉,这回可完了!"狄克说道。

"离河边也只有约100步远。"乔补充道。

三位不幸的航空家下到地上,博士带着他的两个朋友向塞内加尔河跑去。那边传来很大的喧声。跑到河边时,博士才知道这儿是古因瀑布。岸上没有一只船,也没有一个人。

十分明显,要想渡过这个无底深渊,比登天还要难。

狄克不由得做出了绝望的手势。但是费尔久逊以沉着有力的语调说:"有办法!"

"我早就知道您有办法!"乔答道,他始终相信博士。

费尔久逊一看到干草,马上脑子里就想出一个大胆的主意。这是唯一的救星。他立刻带着他的两个朋友,又回到气囊旁边去。

"那些强盗再过一个钟头就要追上我们了。"费尔久逊说,"我们一分钟也不能耽误。多收集些干草来,起码50千克。"

"要干草有什么用?"狄克问道。

"既然没有氢气了,那就利用热空气飞过河去!"

"你真是个伟人!"狄克叫道。

乔和狄克马上动起手来,过了一会儿,在锦葵树旁边就堆起了一大堆干草。这时候,费尔久逊打开气球的活门,把气球里剩下的氢气都放了出去,然后在气囊底下剪了个大窟窿。他做完这件事以后,便抱了一些干草堆在气囊下面,同时点着了火。

不多时,气球里便充满了热空气,100摄氏度左右的温度足可以使气球里的空气膨胀而把重量减轻一半了。这时,气球逐渐恢复它原来的面貌。反正干草有的是,博士不住地添草,把火烧得旺旺的,眼看着气球越鼓越圆了。

那时是中午12点45分。

在北边3000米远的地方,那群塔利巴人出现了,已经听得到一片喊声和急促的马蹄声了。

"再过20分钟,他们就要追上来了。"狄克说。

"乔!添草!添草!"费尔久逊嚷道,"过10分钟我们就要飞上天了!"

"好的,博士!"

气球已经有三分之二充满了热空气。

"喂,朋友们,"博士说,"现在我们还像刚才那样拉住网吧。"

"好!"猎人答道。

过了10分钟,气球摇晃起来,似乎立刻要升上去了。

塔利巴人已经跑近了,只有500来步远了。

"抓紧一些!"费尔久逊喊道。

"博士,别替我们担心!别担心!"

这时,博士用脚又向火堆里推了一些干草,于是"维多利亚"号完全胀膨了,它擦着锦葵树的枝叶升了上去。

"起飞了!"乔喊道。

就像回答这句话似的,一阵枪声响了起来,一颗子弹从乔的肩膀上擦过。黑人们看到"维多利亚"号升到天上去了,愤怒地叫了起来。气球在240米高的地方被一股强大的气流托住了,摇摇摆摆地向塞内加尔河彼岸飞去。英勇的博士和他的两位朋友欣赏着下面万马奔腾般的瀑布。

大 结 局

他们几乎以为这是一个奇迹。法国人把三位旅行家从河里救上了岸。博士忍不住热泪盈眶。

10分钟后,三位无畏的航空家默默无言地开始在塞内加尔河的对岸降落了。

那里站着十个身穿法国军装的人,他们显出吃惊、奇怪和害怕的样子。他们看到从河那边飞过来的气球会惊愕到什么程度,那是不难想象的。他们几乎以为这是一个奇迹。他们的长官——海军大尉杜弗列斯——从欧洲的报纸上已经知道关于费尔久逊博士探险的消息,所以他马上就明白是怎么一回事了。

气球又一点一点地瘪了下去,开始带着攀在网眼上的三位大胆的航空家下降了。当"维多利亚"号在离塞内加尔河左岸几米的地方掉到水里时,法国人跑到河里救起了三位旅行家。

"费尔久逊博士!"杜弗列斯大尉叫道。

"正是他,和他的两个朋友。"博士从容地答道。

法国人把三位旅行家从河里救上了岸。"维多利亚"号却瘪了下去,像个巨大的气泡,被塞内加尔河的奔流冲走,最后,在古因瀑布里消失了。

"可怜的'维多利亚'号!"乔感叹道。

博士忍不住热泪盈眶,他张开了双臂,两位朋友激动地投入了他的怀抱。

岸上的这些法国人是塞内加尔的总督派到这里来探险的。这两天他们在古因这一带正忙着找一个适当的地方设立一个哨所,没想到遇见了费尔久逊博士。

这三位旅行家受到怎样热情的招待和祝贺,那是不难想象的。那些亲眼看到费尔久逊博士完成他大胆计划的法国人,也就成了他抵达古因瀑布的见证人。因此,博士要求杜弗列斯大尉正式证明一下这个事实。"我想,您不会拒绝在记录上签字吧?"他问道。

"费尔久逊博士,我当然愿意为您效劳。"杜弗列斯大尉热情地答道。

这三个英国人立刻被请到河畔的临时哨所去了,在那里,他们受到无微不至的照顾。一顿丰盛的午餐之后,他们当场做了一份记录,大家签了字。费尔久逊博士和他两位好朋友的不平凡的旅行就这样在令人信服的证明下结束了。

当天,费尔久逊和他的两位朋友就乘上小火轮"巴西利克"号,沿塞内加尔河下行,向塞内加尔河的河口驶去。

6月10日,三位朋友抵达圣路易,那里的总督为他们举行了隆重的欢迎仪式。

在这期间,他们的精神已经完全恢复了。乔反复地说:"假使好好回想一下的话,应该说,这次旅行是相当枯燥的。说实话,假使有人有兴趣,我也不会劝他去尝试。这次旅行到后来更变得枯燥乏味,要不是在乍得湖和塞内加尔河上遇到一些险事,简直把人给闷死了。"

6月25日,他们到达朴次茅斯,第二天到达伦敦,受到伦敦市民最热烈的欢迎。

这三位旅行家在伦敦受到的欢迎和接待,那是不用说的。全欧洲的报纸都在头版头条刊登了这三位探险家的英勇事迹。《每日电讯报》在它刊载了一篇旅行日记的那一天,就销售了近100万份。

费尔久逊博士乘气球穿越非洲的故事也传到了国外,他超人的勇气和智慧受到了人们的称赞和钦佩。